U0164097

作者夫婦在冰河上乘摩托車（冰島）

火地島氣候（阿根廷）

午夜太陽（挪威）

阿根廷冰河

冰河（阿拉斯加、阿根廷、冰島）

滑雪表演（挪威）

莫斯科紅場（俄）

遊多瑙河（匈牙利、斯洛伐克）

白金漢宮（英）

萊因河（德）

威尼斯泛舟（義）

鬥牛士自嘆（西班牙）

雅典奧林匹克體育場（希臘）

跨洲大橋（土耳其）

耶路撒冷金石圓頂清真寺

紐約世貿大廈驚爆（美東）

美國白宮（美東）

華盛頓賞月（美東）

北極看極光（加）

尼加拉大瀑布（美、加）

印加帝國馬丘比丘廢墟（秘魯）

遊亞馬遜河（秘魯）

伊瓜蘇大瀑布（巴西、阿根廷）

以色列女兵（以色列）

吐絲螢（紐西蘭）

耶路撒冷舊城（以色列）

遊泰姬瑪哈陵（印度）

外灘夜景（上海）

拙政園（蘇州）

岳麓書院（長沙）

登八達嶺（北京）

玉印山（四川）

樂山大佛（四川）

四川熊貓培育中心（四川）

謁中山陵（南京）

參觀南京大屠殺紀念館（南京）

象山水月度中秋（桂林）

以色列的汽車炸彈現場（以色列）

作者距離汽車炸彈約一百餘公尺（以色列）

希臘雅典神廟

作者夫婦遊埃及金字塔

三人一組的以色列衛兵（以色列）

印度的性廟

參加國際漢詩研討會
邱燮友教授（左二）與作者、宋哲生（右一）及潘善福（左一）合影。（新加坡）

參加詩的饗宴活動

Dr. Hsu, Shih-Tze (徐世澤)
(Stephen Shih-tze, HSU)

1427-2F, VGH East District
Shih-Pai Road, Section 2
Peitou, Taipei, Taiwan, R.O.C.
Tel: 886-2-871-3250

March 13, 1929

Medical doctor
Editor-in-chief, N.D.M.C. Monthly
(National Defense Medical Center)
Secretary chief, Chinese Poets
    Association in Taipei, Taiwan

Prof. Evelyne Anne Voldeng

French Department
Carleton University
1125 Colonel By Drive
Ottawa, Ontario, K1S 5B6, Canada
Tel: 1-613-520-2194 (O)
    1-613-257-4290 (H)
Fax: 1-613-520-3544

Born in Brittany in 1943

Publication:
Tessons
Le Journal des poètes
Fireweed
Les Femmes et les mots
Envol

Après une étude de la nature dans la
poésie de John Keats, elle s'est
interessée à l'oeuvre de Tristan
Corbière, puis aux écritures féminines

出席漢城第17屆世界詩人大會（南韓）

作者在斯洛伐克開世界詩人大會時誦詩

作者參加第23屆世界詩人大會與宋哲生教授、陳見田會長合影

第19屆世界詩人大會（墨西哥）

在希臘世界詩人大會上朗誦詩歌

首屆海峽詩詞筆會（福建）

和瑞典、斯洛伐克、匈牙利三國詩人合影

作者獲頒詩教獎1993年

作者獲頒成就獎牌 1998 年

Romania
Primaria Municipiului Iași

The Mayor of Iasi, dr. Constantin Simirad confers upon

HSU SHIH-TZE

DIPLOMA OF PARTICIPATION

in **The 4ᵗʰ World Congress of Poets**
for Poetry Research and Recitation 2002

Iasi, Romania, 28 October - 1 November 2002

Mayor,
Dr. Constantin Simirad

羅馬尼亞頒贈之出席證書

和五國詩人餐敘

世界詩人茶敘群像1999年

作者與美籍世界詩人大會會長合影

作者於 2002 年出席新加坡全球漢詩研討會

健遊詠懷

徐世澤 著

序一

徐著《健遊詠懷》序

張夢機

　　徐世澤先生，祖籍江蘇東台，一九二九年生，爲避秦火隨廊廟東遷，旅台迄今。退休前台北榮總主秘，退休後任乾坤詩刊社副社長。平生雅嗜吟詠，創作無慮千首，著有《養生吟》、《擁抱地球》、《翡翠詩帖》、《思邈詩草》等書，並榮獲教育部詩教獎。蓋懸壺濟世之餘，復能裁箋賦詩之賢者也。

　　昔南宋陸游，才氣縱橫，詩亦清新圓潤，自成馨逸，以愛蜀中風土故，乃輯其集曰《劍南詩稿》，中多遊歷之作。又明代徐宏祖，少負奇氣，壯歲足跡遍堯封，其所經歷，山川形勝，靡不一一詳記，故題其書曰《徐霞客遊記》，紙貴洛陽，騰喧衆口，而今人徐世老，捫參歷井，遊跡遍六十四國，舉凡各處之奇觀異景，民風物產，亦繫之以詩，隨地附見，其履跡

之廣，識見之豐，非但前述二子難以望其項背，即古今中外，殆亦無人能出其右。

綜觀徐世老之詩，既摹寫新時代，復擅用新詞彙，可謂賦古典以新貌，釀陳熟而生新。茲迻錄其詩題若干於後，以供觀覽。如：〈南極夜光雲〉、〈人妖秀〉、〈午夜太陽〉、〈莫斯科紅場〉、〈紐約世貿大廈驚爆〉、〈舊金山金門大橋〉、〈北極看極光〉、〈新加坡市容〉、〈包二奶〉、〈電子郵件〉、〈八掌溪事件〉、〈檳榔西施〉、〈外籍女傭〉等，皆反映現實之作。以新詞彙入詩，雖非自今日始，前清陳散原、黃遵憲均已行之有年，然皆不如徐詩運用之廣泛也。如其詩：

盧森湖（瑞士）

盧森湖水平疑鏡，

畫舫揚帆盡興遊。

草綠山明飛薄霧，

恍如西子到歐洲。

手機

欲覓親朋無定蹤，
衛星傳達若相逢。
天涯對話如鄰桌，
握入掌中意更濃。

網路援交

援助思春慰寂寥，
無聊伴侶耍花招。
兩情交往多欺誑，
網路文明種禍苗。

　　窺豹一斑，足概其餘，可知徐氏之作，既富於現
代感，又保有吐屬清新之特質，對新詞彙之選用，亦
極妥適，殊無礙眼之病。

　　頃者，世老董理舊稿，稍作裁汰，裒集為《健遊
詠懷》，囑余稍綴數言，余雖學疏才淺，然曷敢以不

文辭？爰敘其崖略如上，以聊表服膺之意耳。

二○○七年元月二十日於台北

國立中央大學中文系所

序二

人文記遊詩人徐世澤先生 及其詩

——為《健遊詠懷》集作序

邱燮友

一、《詩經》《楚辭》啟開田園、山水文學的 序幕

中國一向是愛好自然的民族，也是喜愛詩歌的族群，從周代《詩經》的民歌到戰國時代楚國屈原（三四三～二七七 B.C.）都把自己的遭遇和感想，融和在自然山水中，以達情景交融的境界。就如《詩經》中歌唱田獵情歌〈野有死麕〉，歌詠行役征戰的〈擊鼓其鏜〉，歌頌新婚、新娘子的〈關雎〉、〈桃夭〉，行吟相思的〈江有汜〉、〈蒹葭〉，詩人將所思、所想、所感、所願、所欲、所爲，寫在詩歌中，傳誦民間。其中如〈豳風〉的〈七月〉，寫農耕的歡樂，〈周南〉中的〈采采芣苢〉，〈遵彼汝墳，伐其條枚〉，〈魏風〉

中的〈十畝之間〉等，寫農家女子的採桑、拔蒲、探擷野菜，反映農家與自然和諧相處，發展永續經營的田園生活。

　　一般探討我國山水詩或田園詩，以為田園詩起於東晉陶淵明（三六五～四二七）的〈田園雜興〉或〈歸園田居〉等詩，而山水詩以為起源於南朝宋謝靈運（三八五～四三三）的永嘉諸篇。其實在《詩經》和《楚辭》中，已有山水、田園的詩篇，在《楚辭》中的〈九歌〉，便有〈山鬼〉和〈河伯〉的辭賦，辭賦也是詩歌，屈原把〈山鬼〉和〈河伯〉的描繪用擬人格的手法，顯示山水的情意，成為浪漫的神話山水文學。這些文章的靈感，得自於長江三峽巫山神女峰和河伯娶妻的啟示，其後宋玉的〈高唐賦〉，曹植的〈洛神賦〉，開拓了神話山水文學的新天地。

二、六朝陶謝詩，唐王柳的山水文學，均是極品

　　東晉陶淵明罷官後，躬耕南畝，以耕讀為其終生

的志趣，寫下一百多篇的田園詩，其中「靜念園林好，人間良可辭」；「少無適俗韻，性本愛丘山」；「採菊東籬下，悠然見南山」等，均是膾炙人口的佳句。南朝宋謝靈運任永嘉太守，愛好登山攬勝，他在詩中描摹下永嘉山水的絕勝，今傳世的詩篇，約一百首，如「池塘生春草，園柳變鳴禽」；「野曠沙岸淨，天高秋月明」等，寫景清新，令人愛賞，成爲摹山狀水的山水文學，是其特色。

唐人王維（七〇一～七六一）與柳宗元（七七三～八一九）在山水文學上的開展，進入寫意的山水文學。王維將禪意含蘊在山水中，擴大了詩歌的內涵，如「人閒桂花落，夜靜春山空」；「行到水窮處，坐看雲起時」，使詩中充滿寧靜、智慧和生機，比起摹山狀水的寫實詩，步上寫意的山水詩，又是一番新天地。柳宗元的〈永州諸記〉，藉西山諸景點的怪特，以山水自比，托諷朝廷棄置賢才於野的痛心，世人僅贊歎永州山水的奇異，而忽略柳宗元被貶永州的心境，是沒有窺測柳氏山水文學的眞意，他是藉山水來

抒憤，與一般移情於山水，心境不同。

　　從陶謝的田園、山水詩，到王維、柳宗元的山水文學在田園、山水文學的領域中，帶來新的局面，這些都是文學園地裡的極品。

三、宋以來，山水文學的新面貌

　　前人在文學領域中的墾拓，都會給後人繼往開來的一些啟示。此後，南宋陸游〈一一二五～一二一○〉的〈入蜀記〉、《劍南詩稿》，有出色的記遊之作。甚至意大利遊行家馬可波羅（Marco Polo，一二五四～一三二四），在元代受忽必烈的寵信，留中國工作十七年，曾遊歷各地，回國後在獄中口述，被書成《馬可波羅遊記》，使西方人嚮往東方，促使新航線的開關，是遊記文學意想不到的成就。明代徐宏祖（一五八六～一六四一），號霞客，少時博覽輿書地誌，有壯遊之志，自二十二歲起，歷三十餘年，足跡遍十六省，曾至偏遠的西南地區，將他遊歷所到的山川形貌，宮室古蹟，都詳加記述，著成《徐霞客遊記》，

名盛一時。

其次，清末黃遵憲（一八四八～一九〇五）的詩，值得一提，他曾任駐日、英使館參贊，以及舊金山、新加坡總領事等職，後任湖南按察使。因參加戊戌政變，罷歸。平日倡導詩界革命，主張「我手寫我口，古豈能拘牽」，詩歌用語通俗，口語入詩，他將所到之處，寫入詩中，開創了形式多變化的詩歌，著有《人境廬詩草》傳世。

四、徐世澤筆下啟開人文山水詩的天地

人之相與，以詩會友，容易拉近彼此心靈的距離。我與徐世澤先生相識，從《乾坤詩社》的活動開始。而進一步成為知交，是今年六月一日到三日，在新加坡聚會，參加第八屆全球漢詩大會。由於這次的會議，得緣結識徐世澤先生，相談之下，才知道他是國防醫學院畢業的，是位醫師，也是一位詩人，從事醫務和醫療工作已數十年。他和我早年在大陸讀高中時的學長，如章士忠、翁華民、王若藩、尹可賢、林

百匯等名醫是前後期的同學，由於這層關係，彼此更拉近距離。然而我一直在大學中文界從事教育工作，我和徐先生數天的聚首，由於愛好相同，得知他從少年時代便與詩結緣，於是我和他一見如故，成爲知己。

　　徐世澤先生在《擁抱地球》一書中，展現他對文藝和攝影的才華。他先後遊覽過六十四個國家的名景勝地，用流利的散文將所見所聞所感加以描述，並附照片寫眞，可謂圖文並茂的人文山水文學。比起前人的馬可波羅、徐霞客等遊記，都難以跟他媲美。

　　二○○三年元月，徐世澤先生又將遊覽世界各地所寫的古典詩共三百首，以絕句和律詩爲主，分「旅遊吟」、「溫柔吟」、「保健吟」、「社教行」四大類，名之爲《思邀詩草》。四年後，也就是二○○七年元月，他又把近年來所寫的詩，分「旅遊留影」、「休閒記趣」、「保健忠言」、「愛網柔聲」、「詠物寄意」、「時節萬象」、「感事抒懷」七大類，共收五○八首，名爲《健遊詠懷》。他確是一位熱愛生命的詩

人，將所看到、所接觸的人、事、景物，寫入他的詩
中，因此，讀他的詩，很容易感受到它和我國歷代的
山水詩接軌，淵源於傳統詩的精神，以寫實、寫意的
山水詩融和，並開展以現代詞語入篇，展現現代人以
人文入詩的山水詩，將環球數十國的景觀入篇，並具
有環保、養生的概念，是現代人文山水詩的特色。今
列舉二、三首為證：

北極看極光（加）

繁星點點耀隆冬，午夜寒光展極容。

白馬市郊山頂上，悠悠綠帶幻游龍。

註：白馬市隸屬加拿大育空地區，冬季午夜看極光，是其
　　吸引觀光客的花招。

又如：

永定客家土樓（福建）

聚族而居乃客家，

全球建築一奇葩。

衛星偵測疑飛碟,

原是土樓休漫誇。

第十九屆世界詩人大會（墨西哥）

墨西哥國結吟緣,世界詩賢共串聯。

一代騷風看蔚起,兩洲令譽喜留傳。

宏揚詩教垂千載,美化人生享百年。

冠蓋如雲齊朗誦,縱橫筆陣耀青天。

首屆海峽詩詞筆會感賦（福建龍岩）

兩岸騷壇四海傳,宏揚詩教盛空前。

超群革故多名士,易俗標新勝昔賢。

奮筆不凡融一貫,微言警世集千篇。

龍巖首屆開風氣,神韻華章獨占先。

用現代口語入詩,與黃遵憲的「我手寫我口」相呼應,足跡所到,心蹤所及,遍及全球,筆亦隨之,

比起前人行蹤，超越數十倍，此當拜現代交通工具之
賜。然徐先生以醫師詩人的眼光看世界，又是一番環
保、養生的心得。近人以現代人文山水文學著筆，是
新山水文學的新途徑，猶如余秋雨的《文化苦旅》，
便是個例子，但他的足跡僅止於中國，而徐世澤的足
跡已踏遍全球，足見他的詩，他的文，不但有本土
觀、地域觀，更具現代觀、國際觀。由於徐世澤先生
的新著詩集將問世，我願為他撰文舉薦，是為序。

二○○七年元月十日於臺北修訂稿
國立臺灣師範大學國文系所研究室

目錄

【五言絕句】

✍旅遊留影❧

✍保健忠言❧

【七言絕句】

∙⊙ 休閒記趣 ⊙∙

保健忠言

愛網柔聲

◦感事抒懷◦

【五言律詩】

旅遊留影

保健忠言

愛網柔聲

感事抒懷

【七言律詩】

∾ 旅遊留影 ∾

∾ 保健忠言 ∾

∾ 愛網柔聲 ∾

∾ 時節萬象 ∾

∾ 感事抒懷 ∾

【附錄】

五言絕句

旅遊留影

在冰河上乘摩托車（冰島）

冰河摩托過，雪水兩邊流。

大地茫茫白，難忘在北歐。

註：1997 年 6 月 30 日遊冰島。（1997）

愛琴海灘（希臘）

夏至愛琴海，遊人泳海邊。

嘩嘩波起伏，遙望水連天。（2000）

庫沙達西市觀落日（土耳其）

海濱觀落日，水色起紅波。

飽啖一餐後，帳單千萬多。（2000）

註：Kusadasi 庫沙達西喬治大飯店在愛情海東岸，平台上
　　設餐桌，旅客進晚餐，觀落日、水波、聽濤聲，一餐
　　下來，每人須花費土耳其一千萬里拉（相當台幣五百
　　元）。

印度洋上觀日出（南非）

朝霞伴曉月，彩幻映雲端。

洋上升紅日，光環屬大觀。（1996）

註：1996 年 12 月 11 日在南非德班假日大飯店 16 樓 1613
　　房間所見（當天是我國農曆 11 月 1 日）。

夜宴德班東方餐廳（南非）

彩燈新壁飾，畫扇故鄉情。

美酒溫馨感，難忘斐國行。（1996）

註：1996 年 12 月 16 日於南非德班，時爲耶誕節前夕，在
　　東方餐廳夜宴（吃中餐）的場景。

赴阿拉斯加途中（美北）

飛至三更夜，時鐘倒退回。

時差夢醒後，似覺又重來。（1997）

註：因換日線的關係，8 月 29 日下午五時由台北起飛，
　　抵阿拉斯加，時鐘是 29 日上午七時。再往紐約，下
　　機時是 29 日下午 9 時。

美國皇宮（夏威夷）

美國有皇宮，令人墮霧中。

歐胡島內覓，格局小而同。（1996）

註：皇宮在歐胡島（檀香山）內。

南極夜光雲（阿根廷）

無日又無月，天空見白雲。

南方光耀眼，勝過夕陽曛。（1997）

註：1997年2月14日下午八時，在火地島南方天空見一
　　大片白色夜光雲。

火地島氣候（阿根廷）

三天前大雪，今日太陽紅。

忽又飄微雨，寒風澈骨中。（1997）

註：火地島氣候瞬息萬變，非身歷其境者，無法體會。

觀賞嘉年華會（巴西）

歌舞昇平夜，狂歡萬里來。

花燈車不斷，睡眼閉重開。（1997）

註：在巴西里約熱內盧觀賞嘉年華會，下午五時半帶便當
　　進場，一直到深夜三時始返旅社。

人妖秀（泰國）

滿室美人胎，歌聲舞影來。

多因喉結在，不必費疑猜。（1994）

虎山溫泉浴（苗栗）

虎山不見虎，卻有虎跑泉。

潤滑清新甚，常來百病痊。（1992）

註：虎山溫泉是一碳酸泉，在苗栗縣泰安鄉境內。

保健忠言

垂老吟

早知人必死，來日剩無多。
定靜除焦慮，吟詩鬥病魔。（1993）

探友病

日前探友病，往事互通情。
忽問余尊姓？令余吃一驚。（1994）

孕前預防

孕前先預防，產後喜洋洋。
麻疹疫苗種，麟兒樂健康。（2002）

註：預防麻疹感染所產先天性缺陷兒，在希望懷孕前三個
　　月（含以上），便須接種德國麻疹或麻疹、腮腺炎混
　　合疫苗，真是為母不易。

老

患病初無感，稍痊始覺衰。
誰能長健壯，老是自然來。（2004）

健忘

年老健忘易，朝朝惹媳嫌。
時時遭白眼，自覺沒尊嚴。（2006）

居家隔離雜感

待在家中久，親情日漸深。
應酬開會少，電話訪知音。（2003）

核子醫學

醫師操化境，核子見神奇。
搜索癌魔窟，疑難病亦知。（2006）

愛網柔聲

真情

笑裡低聲語，相看無限情。

甜言猶在耳，豈敢負卿卿。　　（1992）

傳情

芳心原欲訴，見面卻無言。

柳眼傳深意，難忘一笑溫。　　（1992）

單戀

年華空度過，花燭了無期。

整日徒長嘆，傳情欲倩誰？　　（1992）

示好

與君相敘罷，情竇豁然開。

揮手含深意，盼君明日來。　　（1992）

留香

夜深人欲去，聚散苦匆匆。

汗手遺香漬，偷聞味更濃。　　（1992）

送別

今宵歡送別，何日喜重逢。
電話須勤打，聞聲想笑容。　　（1993）
註：「勤」與情諧音。

無奈

良人鴻鵠志，難耐守空幃。
願作尋常鳥，天天比翼飛。　　（1994）

感事抒懷

塞車

咫尺天涯遠，塞車三小時。
午餐成泡影，糕果暫充飢。　　（1992）

校友會餐

今宵校友會，同學勝家人。
充滿溫馨感，交談笑語頻。　　（1992）

詩的沒落

唐詩余所好，拙作少知音。
不是洋花樣，今人故不吟。　　（1994）

寫詩樂

終日閒無事，安居意自然。
不因塵俗慮，執筆寫詩篇。　　（2002）

其二

無颱無地震，閱讀好時光。
信筆揮毫樂，烹調煮字忙。　　（2002）

漢詩長存

三千年歷史，價值合時宜。
遇有華人處，多能誦漢詩。　　（2003）

鵝鑾鼻銅像

海峽長流水，塔燈仍發光。
偉人何處去？亂象更張狂。　　（2006）

朝氣

晨曦群鳥鳴，氣爽綠窗明。
散步逢詩友，交談得意情。　　（2006）

七言絕句

旅遊留影

午夜太陽（挪威）

太陽午夜在天空，北角光芒耀眼紅。

永晝奇觀山雪美，遊人已不畏寒風。

其二

斜陽不落重溟外，登上全球最北端。

永晝天光書可讀，孤高岬角濕風寒。　　（1997）

註：1997 年 6 月 27 日及 28 日在挪威北角親見午夜太陽。

冰河（阿拉斯加、阿根廷、冰島）

藍天碧水雪峰間，北極重洋兩日閒。

冰島冰山冰褶疊，此間景色艷人寰。

其二

刀山劍戟滿洋浮，一道霓虹動客舟。

崩裂瞬間天地撼，教人無復賞心遊。　　（1997）

註：余曾於 1995 年 9 月、1997 年 2 月及 7 月暢遊三地冰
　　河。

滑雪表演（挪威）

高聳雲霄滑雪台，遙看朵朵小花開。

俊男俏女飛騰下，宛若群星天上來。　（1997）

註：滑雪者多爲20歲左右男女，顏色不一，炫人眼目。

羅恩湖夜遊（挪威）

一葉扁舟兩隻鷗，三人垂釣渡船頭。

雪峰十座環湖繞，璀璨陽光伴夜遊。　（1997）

註：1997年6月19日夜十時，在挪威羅恩（Loen）湖畔
　　夜遊所作，是時陽光仍在。

莫斯科紅場（俄）

聖地紅場今變相，列寧陵寢展時裝。

宮牆附近名牌店，馬克思前廣告張。　（1997）

註：莫斯科紅場在克里姆林宮東側，原是聖地，供遊客謁
　　列寧陵寢。目前已變成商場。馬克思像前對面大做資
　　本主義色彩之廣告。

鐘乳石洞（南斯拉夫）

蜿蜒入洞通幽處，鬼斧神工景象奇。

舞影琴聲多幻化，似人似物任君疑。　（1995）

註：1995年8月2日在原屬南斯拉夫之斯拉夫列加，參觀
　　Pastojnska Jama鐘乳石洞所見。

巴那頓湖（匈牙利）

鐵漢來遊鐵哈尼，巴湖風景世間稀。

帆船成隊如詩畫，更有金墩映夕暉。　　（1994）

註：鐵哈尼是巴那頓湖（歐洲最大湖）上之半島，風景優

　　美。

遊多瑙河（匈牙利、斯洛伐克）

多瑙名河舉世知，泱泱河水浴靈犀。

今朝來此非遊樂，只為粼粼滿載詩。

其二

風光綺麗水興波，橋上行車倏忽過。

古堡雄姿沿岸立，當年勝敵賴斯河。

其三

寰宇詩人共一舟，同餐同飲話從頭。

名河暢覽心情悅，四海之家今日酬。　　（1998）

註：匈牙利首都與斯洛伐克首都均有多瑙河遊船，亦可夜

　　遊。

白金漢宮（英）

禁衛輪班美譽馳，萬人爭看古雄姿。

威風凜凜軍容壯，皇室尊嚴尚保持。　　　（1995）

夜遊倫敦（英）

朝乘銀翼破長空，夕至倫敦燈影紅。

帝國光環今褪色，皇宮冷落月明中。　　　（1995）

巴黎女郎（法）

自由氣質綺羅身，麗質天生韻味純。

魅力風情多放任，笑談飛眼更迷人。　　　（1995）

黛安娜車禍喪生（英、法）

黛妃國色入皇家，天賜良緣世所誇。

怎奈郎心鬧暗戀，遂教絕代死於車。　　　（1997）

註：英國太子妃黛安娜鬧婚變，於 1997 年 8 月 30 日午
　　夜，在巴黎車禍喪生。

鐵力士山（瑞士）

鐵嶺青峰上一遭，重重柳絮積山腰。

滑場冰洞天池水，放眼叢林似幼苗。　　　（1995）

盧森湖（瑞士）

盧森湖水平疑鏡，畫舫揚帆盡興遊。

草綠山明飛薄霧，恍如西子到歐洲。　　　（1995）

註：西子指中國西湖，宋詩有「若把西湖比西子」句。

阿姆斯特丹國家博物館（荷蘭）

琳琅滿目觀名畫，人物表情妙入神。

一室高懸難靠近，佩他彩筆幻為真。　　　（1994）

萊因河（德）

萊因兩岸好風光，巴爾尼山景色良。

古堡千年三五座，當年對壘莫能忘。　　　（1995）

熊布朗皇宮（奧地利）

奧皇喜愛中華物，名畫旁陳景德瓷。

更有餐廳升降桌，重金禮聘漢廚師。　　　（1995）

註：皇宮內設有「中國餐室」及「中國畫室」各一間，分
　　別在鏡廳兩旁，2000年重遊時，其陳設略有變動。

威尼斯水都（義）

船行出巷起歌聲，拆地掀天險象生。

風動樓斜危欲墜，惡潮洶湧噬都城。　　　（1995）

威尼斯泛舟（義）

一片汪洋百島浮，水都賞景泛輕舟。

歌聲悅耳和聲雜，笑傲人生樂此遊。　　（1995）

鬥牛士自嘆（西班牙）

人獸相仇殺戮場，黃沙染血近痴狂。

鬥牛譁眾終須老，何必兇殘勝虎狼。　　（1995）

雅典賞月（希臘）

雅典天空乾且淨，今宵月色更清明。

倚欄賞景難成寐，那怪詩人戀此城。　　（2000）

註：2000 年 8 月 13 日（我國農曆 7 月 14 日）余下榻雅典
　　喬治大飯店，午夜賞月。

奧林匹克體育場（希臘）

奧林匹克競奔馳，雅典倡行天下知。

一百年來名耀世，應加碑紀示新姿。　　（2000）

註：體育場內列有四座石碑，記載歷屆舉辦之時間與地
　　點，以及歷屆委員會主席芳名。

西薩洛尼奇市（希臘）

硐堡高高海岸長，紅圓屋瓦石城牆。

東羅帝國多遺跡，正教堂前賞燭光。　　（2000）

註：Thessaloniki 市在希臘北部，沿愛琴海建城。希臘人

　　入東正教堂點燭，相當於我國人敬香。

棉堡石棺（土耳其）

當年只是葬豪門，豈料今朝伴石墩。

追憶兩千年往事，宛如春夢了無痕。　　（2000）

註：棉堡是土耳其重要景點，其石棺係東羅馬帝國皇宮遺

　　物，入葬之富豪貴族屍骨已全無。

跨洲大橋（土耳其）

伊斯坦堡好優遊，十里長橋跨亞歐。

古跡千年人共仰，長嗟聖戰血痕留。　　（2000）

註：伊斯坦堡博斯普魯斯海峽上，有一連接歐亞兩洲的跨

　　洲大橋，至為壯觀。

埃及古跡（埃及）

文化迷人舉世珍，維修不易毀獅身。

欲尋考古傳奇地，盡力何關國庫貧。　　（1996）

註：埃及政府為保存人面獅身像，設法撥款維修，惟技術

　　上尚有困難。

克魯格野生動物園即事（南非）

公象形單倍感傷，雄獅志得意昂揚。
水牛斑馬共同體，猴子攀車乞食忙。

其二

野生動物喜相迎，獅豹奔馳鳥雀鳴。
幼象受欺慈母怒，車頭猛撲客心驚。　　（1996）

註：1996 年 12 月 7 日遊南非克魯格國家公園所見之景觀
　　及驚險鏡頭。

密歇根湖（美國）

芝城建築冠全球，密歇根湖景最優。
登上高樓觀夕照，好將勝跡耀伊州。　　（1995）

註：①芝城指芝加哥。②伊州指伊利諾州。

紐澤西州楓紅（美東）

紐澤西州楓樹紅，淡黃深綠夾其中。
秋光更可添山色，贏得遊人展笑容。　　（1996）

註：余於 1985 年 9 月及 1996 年 9 月兩度紐澤西州之旅，
　　均見楓紅美景，心情舒暢。

紐約世貿大廈驚爆（美東）

雙星大廈航機爆，多少菁英烈火吞。
實景猶如觀影劇，誰為禍首定追根。　　　（2001）

美人驚魂（美東）

登樓生恐飛機撞，拆信先疑粉末開。
驚怖卻能攻霸主，泱泱老美惹奇災。　　　（2001）

劫後紐約（美東）

紐約名城永不忘，那知世貿竟遭殃。
行車過市須安檢，祈福人群進教堂。　　　（2001）

倖免於難（美東）

世貿樓窗眾手揮，瞬間血肉竟橫飛。
塞車遲到能逃劫，未死同僚淚濕衣。　　　（2001）

美國白宮（美東）

白色牆垣四面遮，廳房陳設欠豪華。
花園景物雖清雅，總統居如百姓家。　　　（1997）

華盛頓賞月（美東）

一年明月此宵圓，傑佛遜前拜昔賢。

湖水粼粼碑倒影，永懷正氣壯山川。　　（1998）

註：在華盛頓傑佛遜紀念堂前賞月。華盛頓紀念碑之湖中
　　倒影，引人遐思。

美軍進攻阿富汗（美）

崎嶇山谷進攻難，誓捕元兇賓拉丹。

培訓門徒因涉恨，空教老美妄摧殘。　　（2001）

美伐伊拉克有感（美）

泱泱大國越洋征，凌弱新聞盡怨聲。

民主人權全不顧，橫行霸道史家評。　　（2004）

仙人掌（美西）

荒漠之中挺傲然，黃沙烈日任熬煎。

瓊花脫穎為時短，驚醒遊人直嘆仙！　　（1995）

舊金山金門大橋（美西）

潮聲雷動過橋聞，高架橫空欲入雲。

倘有張良來敬履，橋高那得獻殷勤。　　（1995）

暢遊環球影城（美西）

地動天搖十級風，橋傾路阻遇山洪。
白鯊張口船翻覆，遊客驚奇道具功。　　（1995）
註：環球影城設在洛杉磯好萊塢，電影道具逼真。

訪旅美友人感賦（美西）

移民奮鬥以求生，廿載人人華屋營。
寬廣客廳無字畫，惟聞隔壁打牌聲。　　（1999）
註：余在洛杉磯訪友人有感而發。

迪士尼樂園（美西）

滿園佈景力求新，米鼠形成意境純。
唐鴨逗人添樂趣，千年建築勢嶙峋。　　（1997）

夏威夷草裙舞（夏威夷）

夏州晚宴小農村，裙草狂飆不露臀。
舞配歌聲旋律美，曲終人散意猶存。　　（1997）

班夫國家公園（加）

藍天雪嶺下明湖，遊客如雲訪麗姝。
弓箭山河思夢露，溫泉盛景見榮枯。　　（1996）
註：班夫國家公園內有一「明里溫加」湖。①弓箭山、弓

箭河是瑪麗蓮夢露主演《大江東去》時的拍攝場地，瀑布壯觀。②著名的溫泉水池，因臭氣難聞，現已封閉。

路易絲湖（加）

纜車觀賞洛磯景，山景嶙峋大地春。

路易絲湖如翡翠，波平水靜更迷人。　　（1996）

註：路易絲湖是以省長夫人芳名而命名。

湖濱公園（加）

公園巧飾花爭艷，省長夫人手自栽。

山色湖光純似玉，一時都向眼前來。　　（1996）

註：園在路易士湖畔。

北極看極光（加）

繁星點點耀隆冬，午夜寒光展極容。

白馬市郊山頂上，悠悠綠帶幻游龍。　　（2001）

註：白馬市隸屬加拿大育空地區，冬季午夜看極光。

尼加拉大瀑布（美、加）

萬里奔騰煙雨濃，水珠飛濺勢洶洶。

髮絲彩幻美如錦，一蕩詩人落落胸。　　（1996）

墨西哥市（墨西哥）

兩千多萬墨人居，最大都城信不虛。

百里方圓高廈少，可知黎庶苦無餘。　　（1999）

註：墨西哥擁有兩千萬人口人民低薪生活，苦無積蓄。

阿卡波爾科素描（墨西哥）

滑翔傘繫任風飄，汽艇扁舟浪上搖。

最是躍身超特技，引人入勝夢魂遙。　　（1999）

註：阿卡波爾科臨太平洋，是一渡假勝地。

世界詩人大會會場即景（墨西哥）

世界詩人各處來，白頭綠鬢笑顏開。

交流英語多能懂，詩作如何任你猜。　　（1999）

印加帝國馬丘比丘廢墟（秘魯）

可嘆印加無國字，梯田建物顯奇能。

西文教化今猶在，憑弔回思古結繩。　　（1997）

註：印加帝國無文字傳世，是以結繩記事。目前秘魯使用
　　西班牙文。

遊亞馬遜河（秘魯）

藍天黃水白雲飛，熱帶叢林映碧輝。

一葉輕身飛躍過，此情初試樂忘歸。　　（1997）

註：余於 1997 年 2 月 4 日及 5 日遊秘魯境內亞馬遜河。

里約熱內盧耶穌像（巴西）

客車直上石峰坪，基督臨空看里城。

降福巴西人共仰，嘉年華會慶昇平。　　（1997）

註：里城指里約熱內盧。

伊瓜蘇大瀑布（巴西、阿根廷）

阿根廷境雨林盈，魔鬼咽喉煙霧生。

又見彩虹橋上過，千軍萬馬瀉濤聲。　　（1997）

註：余於 1997 年 2 月 12、13 日遊覽伊瓜蘇大瀑布，在阿
　　根廷境內觀賞魔鬼咽喉形成的盛景，配合巴西境內所
　　見的魔鬼峽 14 道瀑布壯觀氣勢，感嘆大自然之美
　　妙。

吐絲螢（紐西蘭）

岩洞舟行四壁空，繁星明滅見光蟲。

垂絲引捕昆蟲食，穴頂奇觀天象同。　　（1995）

註：上萬螢光，頗類天象館內繁星點點。

以色列女兵（以色列）

以國荷槍花木蘭，戎裝不避客來看。

登車倦態誠難掩，枕著背包隨所安。　　（2003）

註：余於 2003 年 2 月 8 日至 15 日遊以色列。見女兵全副
　　武裝荷槍搭公車小睡。以色列政府規定：年滿 20 歲
　　未婚女性須服兵役。

耶路撒冷舊城（以色列）

舊城街道蜿蜒行，石板台階教界明。

古味圍牆高九仞，惟聞到處誦經聲。　　（2003）

遊泰姬瑪哈陵有感（印度）

春遊印度廣寒宮，帝賜亡姬禮益隆。

囚禁八年隔河看，空留陵寢悔初衷。　　（2001）

註：泰姬瑪哈陵是十七世紀印度沙傑汗大帝為皇后所建。
　　其第三子奪位，將沙傑汗囚禁八年，可隔河望此陵。
　　本愛情故事足可與楊貴妃的廣寒宮相比。

神牛逛街（印度）

彼邦牛隻視如神，鎮日橫行要路津。

獸命為尊人反賤，交通壅塞豈無因。　　（2001）

註：印度法律規定：撞傷牛，判刑六個月。撞死牛，坐牢
　　六年。

波卡拉費娃湖（尼泊爾）

魚尾峰尖雪玉晶，朝陽照耀現嬌嬴。

費娃樓頂觀奇景，喜馬高山蓋世名。　　（2001）

多巴湖月夜（印尼）

波平浪靜月光明，湖畔燈光亮且清。

隱隱青山難掩色，人船俱寂只蟲聲。　　（1995）

聖淘沙（新加坡）

音樂噴泉舞態柔，海洋世界萬魚游。

列車穿越椰林美，潔白沙灘伴客遊。　　（2002）

其二

昆蟲蝴蝶戲新花，角尾獅峰攬勝誇。

萬象館陳多特色，難忘渡假聖淘沙。　　（2002）

新加坡市容（新加坡）

獅城整潔氣清純，總算華人治國辛。

地少民稠高建築，五年一刷宛如新。　　（2002）

註：新加坡國宅租賃 99 年，政府每五年負責粉刷一次，
　　宛如新建。

其二

繁華似錦滿獅城，整潔街容亮且清。
園景樓房高格調，華人遊此感光榮。　　（2002）

全球漢詩大會感賦（新加坡）

華裔詩人跨五洲，三天共處勝三秋。
明朝又是天涯別，電訊難傳兩地愁。　　（2002）

檳城（馬來西亞）

百分八十是華人，都市繁榮景物新。
媲美獅城中國貌，今朝遊此亦驕矜。　　（1994）
註：獅城指新加坡。

吉隆坡國家博物館所見（馬來西亞）

一床六枕回民俗，四位嬌妻睡若何？
兩大為頭四墊足，一床一個美人窩。　　（1994）
註：回俗一夫四妻，誤以為四小枕供四妻同床。

感性之旅（泰國）

異國風情現代裝，自然簡潔線條長。
柔和感性型優美，故意盈盈迎漢郎。　　（2001）

越洋探親（歐美）

飄洋過海探親忙，歡聚他邦喜欲狂。

入境才知隨俗苦，西餐不若土雞湯。　　　（2002）

機上觀天（海外）

寥廓長空不見雲，天臨兩極界難分。

一時脫盡凡塵夢，西望金烏散夕曛。　　　（2006）

環遊世界有感

天鵝喜向遠方游，振作精神繞地球。

寰宇搜奇驚嘆罷，始知遊樂險中求。　　　（2005）

註：余於十年間，遊罷六大洲 64 國，經過埃及、南非、
　　秘魯、阿根廷、印度、以色列等國，多次驚險，有感
　　而發。

峽灣（挪威、紐西蘭）

雪峰翠谷映清流，山色湖光傲北歐。

兩岸懸崖千丈瀑，幽奇峻美不勝收。

其二

眼前水盡無航道，山下依然有路通。

奇石斷崖皆美景，飛鷗倒影映晴空。

其三

兩岸群峰列畫屏，遊輪分碧泛新晴。
青山綠水午方寂，愛聽猿啼第一聲。　　（1995）

環遊世界之二

致仕身如不繫舟，親臨歐亞澳非洲。
美金十萬隨流散，海角天涯任我遊。　　（2005）

其二

十載千山萬水行，長吟美景暢詩情。
如斯寰宇遨遊樂，喜聽他邦人笑聲。　　（2005）

上海遇故知（上海）

時當戰亂各西東，五十年來信未通。
千里相逢今一見，歡情盡在不言中。　　（2006）

外灘夜景（上海）

外灘經改浦東先，陸上交通空海連。
高廈明珠燈似錦，洋場十里勝當年。　　（2006）

秋瑾像（杭州）

巾幗英雄不後人，為民為國竟忘身。
手持寶劍孤山伴，不讓鬚眉貌似神。　　（2006）

三潭印月（杭州）

湖中火島小瀛洲，坡老當年屢唱酬。
翠柳滿堤輕拂面，三潭印月眼中收。　　（2006）

拙政園（蘇州）

入門恍似大觀園，真水假山枝葉繁。
勝地頻年留勝景，遙看寶塔更銷魂。　　（2005）

燕子磯（南京）

得意登臨燕子磯，壯哉孤嶼近京畿。
細思燕子今何在？飛去長江竟不歸。　　（2005）

黃鶴樓（武漢）

蛇山頭上建新樓，黃色琉璃寶頂留。
壁畫楹聯添古趣，任人西望大江流。

其二

鶴杳樓高故事傳，風光神韻勝從前。
山形江景相輝映，常使遊人憶昔賢。　　（2000）

岳麓書院（長沙）

有宋從知理學昌，晦翁曾此設書堂。
考亭一派垂佳則，岳麓榮名百世彰。　　（2000）

登八達嶺（北京）

蒼茫陡峻與雲平，塞上曾屯百萬兵。
此日雄關供覽勝，一紓心志望河清。　　（2000）

玉印山（四川）

景色遙連玉印山，層層旋起彩雲間。
塔樓高聳江流急，大壩完成更麗顏。　　（2002）
註：余 2002 年 6 月遊玉印山（本名石寶寨），長江三峽大
　　壩完成後，十二層塔樓仍保存，僅一樓淹水。

頌貴峰詩村（福建）

解決糾紛用古詩，讓人三尺不為奇。
學風優雅無刑案，國粹宏揚舉世知。

其二

十五年頭造貴峰，宏揚詩教老僑翁。

七千學子頻嘉惠，世界詩人盡認同。　　（2002）

註：貴峰詩村原名貴峰村，屬福建南安市。1995 年 8 月
　　25 日，中華詩詞學會爲其舉行「貴峰詩村」揭碑儀
　　式。推展詩運者是一印尼華僑。

布達拉宮（西藏）

金碧輝煌金頂高，佛堂金像傲當朝。

莊嚴氣勢經輪轉，風馬旗飄宮影搖。　　（1997）

註：①布達拉宮號稱世界屋脊上之明珠。其金頂高 115 公
　　　尺餘，最接近天庭。

　　②宮內有轉經輪，以代替唸誦輪上之經咒。

　　③風馬旗或稱經幡，懸掛於屋頂、山巓之上，隨風搖
　　　曳。宮前有一大池塘，可見全宮倒影搖動。

連雲港景觀（連雲港）

風暖灘平海浴場，東方大港更輝煌。

長堤十里渾如帶，繫亞歐橋引外商。　　（2004）

瘦西湖蓮花橋（揚州）

垂楊蘸水翠堤遙，湖面風來舟影搖。
白塔迎人添秀色，小紅低唱過蓮橋。 （2003）

參觀鎮江工業園區（鎮江）

新梧引鳳此來頻，十里園區規畫新。
估客鳩資紛設廠，商機促進五洲親。 （2003）

遊酆都未遂

一生羈旅逐萍流，吟遍乾坤五大洲。
惟有鬼城行不得，最堪遊處未曾遊。 （2005）

今日桃花源（湖南）

隱隱青山橫眼前，桃花流水自潺潺。
步行直上三公里，洞在溪頭不見船。 （2000）

樂山大佛（四川）

來此一千三百年，莊嚴寶相倚崖邊。
遊人繞腳抬頭看，我佛慈悲栩栩然。 （2000）

蘇州盤門懷古（蘇州）

盤門內有甕城營，水陸縈迴綠柳生。
四瑞堂前瑞光塔，伍員抗越盡忠貞。　　　（2004）

遊大伊山（連雲港）

山形如帶出瓊瑰，仙洞千年秀色開。
似與馬師尋舊跡，豈知到處建亭台。　　　（2004）

秦淮河（南京）

秦淮河畔早知名，碧水粼粼動客情。
兩岸霓虹多燦爛，橋邊漫步聽鶯聲。　　　（2005）

其二

十里秦淮金粉場，酒家林立水流長。
六朝遺跡終隳敗，世紀更新定改裝。　　　（2005）

謁中山陵（南京）

中山陵寢勢巍峨，兩岸黎元愛戴多。
千里迢迢來晉謁，但求顯聖化干戈。　　　（2005）

浦東觀感（上海）

申江無處不春光，國際機場旅客忙。
電塔高樓多美景，浦東開發不尋常。　　　（2006）

徐州新貌（徐州）

漢朝遺跡頻頻現，街市瓊樓聳入雲。
更得雲龍湖景美，杏花村上酒香聞。　　　（2005）

參觀南京大屠殺紀念館（南京）

日寇凶行豈可忘，南京三十萬人亡。
今朝來弔遺骸處，親見圖文倍感傷。　　　（2005）

其二

日寇侵華肆虐狂，老殘婦幼亦遭殃。
而今回溯當年事，歷史前車永不忘。　　　（2005）

謁海南東坡書院（海南島）

天涯荒島繫吟身，生計煎熬志未伸。
遠播文風遺澤永，今成景點謁斯人。　　　（2005）

永定客家土樓（福建）

聚族而居乃客家，全球建築一奇葩。
衛星偵測疑飛碟，原是土樓休漫誇。　　（2006）

梅花山虎園（福建）

梅花山麓彩雲飄，樂見華南猛虎跑。
園內群居頗閒適，騰空搶食比樓高。　　（2006）

遊石門湖遇雨（福建）

石門湖上雨如花，山色朦朧著碧紗。
峭壁懸崖何所似？如來仙子面皆麻。

其二

雨止山青水更藍，乘船覽勝味同甘。
蒼松倒影粼粼秀，美景如神乃笑談。　　（2006）

澄清湖曲橋釣月（高雄）

美如西子碧波輕，九曲橋端釣月明。
湖畔茂林齊倒影，宛如樹在水中生。　　（1999）
註：「曲橋釣月」是張群題字，該碑樹立在九曲橋端。

北關龜山島（宜蘭）

萬頃波濤往復回，北關覽勝有亭台。

東看碧綠懸孤島，直似神龜出水來。　　（2006）

宜蘭海岸（宜蘭）

車行海岸近黃昏，萬頃波濤晚更喧。

夕照伴霞如畫美，龜山景色最銷魂。　　（2006）

休閒記趣

海浪拍岸

潮湧聲宏水猛馳，音階節奏浪奔隨。

細砂石子翻天動，泡沫飛濺頃刻離。　（2001）

閒趣

拂曉起來無事忙，用完早點又登床。

多因夢餓自然醒，吃罷午餐看夕陽。　（2003）

新居

新居天母七層樓，國際名街日夜遊。

窗對陽明勤寫作，鬧中取靜創嘉猷。　（1999）

天母廣場

西園漫步復東園，飽賞朝霞笑語喧。

百鳥齊鳴勝仙境，寸心松下謝天恩。　（2002）

過陶宅

氣爽天高遊果園，小橋流水入山村。
林間信步聞啼鳥，欲訪陶潛柳掩門。　　（2002）

股票市場

市場好似波隨浪，股票投資追趕忙。
謊報漲紅人受騙，退潮血汗盡流光。　　（2002）

空屋

信步東鄰迷寸衷，豪華大宅內成空。
庭園花木仍繁茂，無殼蝸牛想不通。　　（2001）

夜讀

書房一盞鳥形燈，伴讀良宵興倍增。
月照玻窗相映趣，細看樹葉欲飛騰。　　（2001）

出國旅遊

居家只覺空間小，出國方知世事奇。
耳順之年仍健壯，旅遊享樂莫遲疑。　　（1994）

登山賦詩

花香鳥語入山遊，策杖背包登古丘。
春色無邊詩興湧，高朋湊句樂悠悠。　　（2002）

淡江晚眺

朝迎旭日照華岡，夕送斜陽落淡江。
海岸風光收眼底，胸襟可使萬邦降。　　（2002）

天母國際街

美食馳名國際街，聞香品味看招牌。
亞歐各式憑君選，中外嘉賓展雅懷。　　（2002）

春遊

桃花吐艷柳枝鮮，綠野晴空穿紙鳶。
仍見兒時諸景象，風梳鶴髮樂陶然。　　（2005）

夏日樹陰

夏日便宜午夢長，蕭蕭綠柳舞山莊。
蟬鳴風勢聲添助，莫負陰濃拂面涼。　　（2006）

淡水日光浴

波似羅裙雲似裳，淡江日照暖洋洋。

勤來獻曝心情悅，總覺微軀尚健康。 （2006）

生日紅燭

生日蛋糕紅燭光，親朋團聚喜洋洋。

燃燒灼痛頻垂淚，許願時間休想長。 （2006）

新話題

久議貪官最惋傷，今朝與友話家常。

窮人眼淚豪門酒，子住高樓不養娘。 （2006）

淡海漁人碼頭

漁人橋下客舟橫，近浦遙天萬象呈。

遠眺不知遊子意，淡江西北是鹽城。 （2005）

北海岸望鄉

裂岸驚濤撲面來，浪花萬朵水中開。

遙知天上一規月，應照家鄉黃海隈。 （2005）

其二

波光浩蕩海鷗飛，一抹斜陽映釣磯。
遠眺東台千里外，不知何日客帆歸。　　（2005）

青山

開窗日日見青山，嫵媚山容常改顏。
薄霧煙嵐半遮面，看來更覺色斑斕。　　（2005）

淡江日落

金風送爽怯輕寒，煙樹晴嵐著意看。
海上夕陽紅一片，彩霞輝映蔚奇觀。　　（2005）

月夜

陽台秋夜月如霜，三兩街燈照曲廊。
惟覺身邊花缽動，輕提右足踐蟑螂。　　（2005）

賞花人潮

繁櫻怒放滿山妍，又見桃紅似火燃。
車到陽明頻接尾，看花今歲更空前。　　（2005）

陽明山花季

陽明二月展櫻姿，綻放茶花百萬枝。

春色滿山看不盡，杜鵑鬥艷更爭奇。　　（2005）

花季遇雨

花季重臨樂且憂，輕紗半掩翠華樓。

微茫雨後憑欄久，靈感來時即興謳。　　（2005）

曉起

鳥聲風送入山房，睡眼迷濛便起床。

信步東園林下坐，鄰翁相伴話家常。　　（2006）

陽明山賞花

櫻花鬥艷滿園開，名種成叢傍樹栽。

飛瀑臨空飄碎玉，山風吹送暗香來。　　（2005）

陽明山古道

金山走到士林來，步道艱難脫俗埃。

枝葉蔥蘢風拂動，如今醜石滿青苔。　　（2005）

竹子湖

陽明薄霧翠嵐中，竹子湖村曲徑通。
香草野花成艷錦，山光遠映醉顏紅。　　（2005）

登山遇雨

峻嶺重遊逢雨驟，涼亭暫坐避雷攻。
瞬間天地開新霽，喜見初晴萬丈虹。　　（2005）

無障礙景點

大屯山上百花開，粉蝶紛飛引客來。
二子坪區無障礙，翁乘輪椅子孫陪。　　（2004）

淡江日落之二

東海南天成界線，斜陽水面兩相融。
飛機劃過無窮碧，遠見霞光一片紅。　　（2005）

偏愛中華詩

栽花自有芬芳日，學種詩苑一屋香。
新舊體裁都領略，牽情可作濟時方。　　（2005）

新舊詩雜陳

字斟句酌為詩忙，明月清風伴我狂。
餘興創新仍念舊，殘年消遣洗愁腸。　　（2005）

獨處

獨處離群非所願，時人總為利名忙。
安能和我相談笑，只得裁詩送夕陽。　　（2005）

靜夜思

夢回心尚繫鄉賢，多數朋儔已失聯。
海外依親難一見，留台好友幾生全。　　（2005）

白描詩

作詩何苦依經典，現代新詞有所長。
一氣呵成無拗句，教人易懂更難忘。　　（2004）

聊表我意

待人處事性成愨，名利由來皆不貪。
勞動小休詩興發，粗衣淡飯此心甘。　　（2005）

背誦

童年所背今堪用，不必重翻故紙堆。
腦裡多藏舊資料，裁詩妙句自然來。　　（2005）

悟

七五滄桑彈指過，老當益壯莫蹉跎。
靜心悟得山林趣，更慕先民擊壤歌。　　（2005）

好友餐敘

含悲忍淚話興亡，席上閒談苦悶長。
嘆氣唉聲有何用，舉杯互祝壽而康。　　（2005）

今之柳下惠

年華已近夕陽斜，樂見花容映晚霞。
讀聖賢書崇禮義，妞前豈可亂如麻。　　（2005）

師生共飲

才疏自愧腹中空，一片丹心報國忠。
欲與恩師同一醉，豪情染透晚霞紅。　　（2005）

同班校友聯誼

荏苒韶光五十春，今朝聚會更相親。
開懷盡說知心話，分道揚鑣忘苦辛。　　（2004）

獨酌

衰殘度日似年般，綠鬢重生豈可攀。
獨坐花前邀月飲，今宵醉臥在人間。　　（2001）

享受

披卷凝神意未通，陶然思緒亂紛中。
置身美感書香裡，充實心靈韻味同。　　（2001）

自娛

沉澱塵思俗慮消，小詩高詠入雲霄。
寄身唐宋時空裡，樂見花容月貌嬌。　　（2001）

聽蟬

山風拂面入林丘，萬樹蟬聲急轉憂。
行過涼亭偶佇立，聽來始覺小蟲愁。　　（2005）

自白

我本懸壺已白頭，心寬體健自無憂。
謅詩動腦勤家務，旨在優游活幾秋。　　（2005）

觀雨懷蔣公

窗前細雨隨風洒，坐看陽明冒紫煙。
偶觸閒情思往事，元戎晚歲亦堪憐。　　（2005）

陽明山梅嶺

陽明連日寒流襲，一陣幽香撲鼻來。
樂欲探知花放處，悠然忽見嶺頭梅。　　（2004）

幻覺

九曲橋端樹兩株，陰涼助我好看書。
微風吹動喃喃語，意識斯人是老徐。　　（2001）

街花

深紅淺綠橙黃雜，牆角街旁滿地花。
色舞香飛添喜氣，市容贏得路人誇。　　（2002）

遊宜蘭北關遇雨

烏雲密佈隱青山，頓起狂風掃北關。

陣雨傾盆連續下，只能侷促在亭間。　　（2001）

保健忠言

照鏡

對鏡端詳心發慌，耳邊忽見髮蒼蒼。

初疑白色纖維染，清洗方知兩鬢霜。　　（1988）

長壽

人言長壽是鴻福？長壽老人偏覺孤。

照顧起居防跌倒，一人長壽兩人扶。　　（1989）

生與死

來如流水去如風，飄入人生一夢中。

不得不流流入世，飄飄逝去也無蹤。　　（1989）

亂求醫

無法安心病在床，沉疴何處覓良方。

生機一線仍求活，草藥庸醫也考量。　　（1989）

風濕病人

兩腿微酸半欲扶，不堪雨喚與風呼。

轉陰氣象何須報，電話搖來問老夫。　　（1989）

健康食法

均衡營養勿多油，煮熟燒開法最優。
蔬果奶魚稱上品，天然清淡有來由。　　（1989）

延年粥

世人都想樂延年，飲食均衡運動先。
充足睡眠多用腦，耄齡啜粥自欣然！　　（2002）

養心

多行善事自歡娛，錢出私囊不在乎。
看破世情真學問，心能放下要功夫。　　（2002）

勉退休者

退休生活喜平常，以後無須公務忙。
宦海浮沉今已了，不為人作嫁衣裳。　　（1998）

防病

怪病愛滋乘勢來，禍根確定在章台。
勸君莫折章台柳，移向他人院裡栽。　　（2000）

老病

老人最怕病來磨，重聽瞳花霜鬢多。
總有器官先退化，跌跤感冒變沉疴。　　（2000）

白頭偕「惱」

椿萱並茂耀門楣，兩老無猜冷眼窺。
相近如冰真冒氣，白頭偕惱總難支。　　（2002）

老眼

眼花色亂視茫茫，無法觀書暗自傷。
默誦詩詞尋妙句，幸能動筆出佳章。　　（2000）

愁腸

老人惆悵九迴腸，排便偏難如願償。
蠕動吸收難盡力，嚼磨慢嚥是良方。　　（2001）

右側半身不遂

人有右肢卿獨無，語言思考亦含糊。
步行左足傾全力，上下台階賴杖扶。　　（2001）

讀《隨園食單》感賦

袁枚食譜久聞名，烹菜求精重養生。
質美清鮮真味出，下廚藝術富詩情。　（2002）

偶感

菲才豈敢自清狂，白首高歌意味長。
保健延年誠妙計，拙詩或可永流芳。　（2002）

加護病房

昏迷不醒無聲息，生死茫茫一瞬間。
加護病房陰氣盛，願他逃過鬼門關。　（1999）

七三述懷

桑榆晚景好為之，即景行吟免腦痴。
加入社團多活動，胸懷高潔且修持。

其二

萬水千山七載遊，八方四面飽吟眸。
自尋樂趣心舒暢，擁抱環球志已酬。　（2002）

悼沈力揚醫師

悟篤亭前悼力揚，陽明花季更芬芳。
杏林史冊留功績，地下逢盧論處方。

陽明公墓

在位權謀今若何？荒丘叢葬鬼魂多。
夜遊經過磺溪路，常聽林間奏輓歌。　　（1998）

土風舞

今日老人樂事多，雙雙對對似飛梭。
手揮香汗蜂腰動，卻自悠然舞且歌。　　（2002）

學到老

五人三百七旬三，歡聚方師棄井庵。
教學雙方無倦意，詩壇此會作佳談。　　（2002）

註：方子丹師年93，章編審年86，余年74，席教授年
　　66，吳講師年54，五人合373歲。每星期五在方師
　　寓所「棄井庵」歡聚。方師誨人不倦，引爲美談。

抗癌

癌症逞狂似利刀，想來大劫總難逃。
花錢購藥圖延壽，忍痛心頭不屈撓。　　（2006）

防煞斯（SARS 又譯莎斯）

預防感染拒華筵，病毒莎斯體液傳。
用具遭汙君莫碰，多人場所不安全。　　（2004）

其二

莎斯病毒吐涎飄，口罩遮顏分外嬌。
發病率高驚國際，疫情怪誕眾心焦。　　（2004）

加護病房之二

老友平生頗自豪，金龜三婿子占鰲。
八人能幹有何用？久病還須靠外勞。　　（2006）

年假症候群

春節團圓多樂趣，兒孫旋又各東西。
老人像洗三溫暖，孤寂心情更可悽。　　（2005）

長壽者言

老殘終日伴菲傭，滿眼洋氣少笑容。
故舊凋零常入夢，全無歡樂恨重重。　　（2005）

植物人

形同植物不離床，累得全家日夜忙。
親友無人問生死，如何過活費周章。　　（2005）

衰老

眼花耳鈍骨支離，趁此餘年學作詩。
行路蹣跚須倚杖，腦筋勤動免呆痴。　　（2005）

耄翁真言

亂世求生真不易，耄年猶健引人奇。
從無奪利爭權志，博覽群書供作詩。　　（2005）

老能詩

夕陽向晚老猶能，珍重餐眠要有恒。
詩裡人生能脫俗，更欣詩社得良朋。　　（2005）

行雲

九十高齡每有憂，蹣跚步履畏登樓。
出門須有人扶助，那及行雲任意遊。　　（2006）

巡迴醫療

仁術懸壺忙濟世，往來僻壤與深山。
辛勤問診施荒遠，樂得貧民展笑顏。　　（2006）

吟詩健身

李杜蘇黃夙所宗，裁詩覓句意相從。
健身素是騷人願，徐步行吟興味濃。　　（2006）

遺言

心停氣絕腦昏迷，倏忽清醒有話題。
好友至親須記取，莫忘此日突歸西。　　（2005）

謝友探病

眼前亂象使人哀，百病交攻體漸摧。
多謝諸君來探視，殷勤祝我早春回。　　（2005）

三通

口不生津食不思，牽腸掛肚便遲遲。
復因尿液難排出，欲想三通速就醫。　　（2006）

苟活

病軀度日似年般，死後重生豈可攀。
鬼域茫茫難覓友，不如苟活在人間。　　（2005）

白頭吟

青年好學受煎熬，服務人群不憚勞。
名利少貪多活動，才能耄耋樂陶陶。　　（2005）

老當益壯

退休頗似夕陽西，落葉期能化作泥。
七十學詩猶未晚，豪情不比少年低。　　（2005）

安寧病房

臨終子女在身旁，繞膝聊天不感傷。
心願完成無所慮，尊嚴離世又安詳。　　（2004）

嚴重急性呼吸道症候群（莎斯）

高燒乾咳頭昏痛，呼吸失調真惱人。
微粒廣傳天下病，超強散播似瘟神。　　（2003）

院內感染

莎斯肆虐斷親情，醫學中心感染生。
昔日人山人海景，而今變得冷清清。　（2003）

旅遊飲食

在旅途中愛品嘗，含酸切記少為良。
果蔬海帶宜常吃，肉類微拈也不妨。　（2004）

精神科所見

思源樓北百花香，病室中人喜若狂。
美女俊男多自語，低頭含笑甚徬徨。　（2001）

老能詩之二

拋卻煩憂學作詩，賡吟瀛社納新知。
合乎格律心頭喜，垂老也能唱竹枝。　（2004）

落齒

隱痛常於未食前，搖搖欲墜又流連。
一朝別汝應垂淚，甘苦同嘗數十年。　（2006）

啖瓜

肉紅無子味甘美，尚未沾唇已湧涎。

多吃油鹽常患病，移情此物必延年。　　（2006）

喪妻

林翁喪偶近如何？面壁幽思涕淚多。

寂寞孤單憂鬱甚，遐齡還想美人窩。　　（2006）

愛網柔聲

一段情

過往深情暫勿忘，長流細水勝芳塘。
渺茫歎息人難見，山谷清音慰惋傷。 （1989）

薄情

軟語溫存像朵花，遺留香氣莫浮誇。
麗詞佳句成虛妄，知否愛情似薄紗。 （1989）

感物傷情

翠柳紅花傍岸栽，黃昏人靜獨徘徊。
多慚不及游魚樂，擺尾搖頭戲水來。 （1989）

重逢

日日思君心事重，朝朝盼望再相逢。
席間人雜情難訴，但看回眸意已通。 （1990）

驚艷

昔日名花絕世姿，回眸一笑引遐思。
席間無語千般意，風韻徐娘似舊時。 （1991）

校花

杏林春暖群英會，昔日校花亦趕來。
幾位汰員多愛惜，當年勝將已成灰。　　（1993）

殉情

玉骨冰肌苦守貞，死心塌地動真情。
此身只合為郎死，報上花邊見姓名。　　（1989）

愛情長跑

難捨難分十八年，如痴如夢有姻緣。
合心合意齊牽手，相契相知笑語連。　　（1987）

風韻猶存

風姿綽約似中年，老尚多情分外妍。
佳話美談頻逗趣，眉開眼笑意綿綿。　　（1988）

喜訊

喜見航郵笑眼開，愛兒已舉合歡杯。
魚書彩照齊飛出，儷影雙雙迎面來。　　（1991）

賢內助

溫柔敦厚又深情，喜見賢妻比我行。
侍奉小心聽指使，一生相處賴真誠。　（1991）

花香

妳是紅花我綠葉，我能扶助妳芬芳。
相依一起多嬌艷，愛侶連誇妳很香。　（1991）

心理治療

君心難解醫師意，臉上殷勤是藥方。
醫學不能除恐懼，精神作用助君康。　（1991）

遇雨

烏雲片片雨濛濛，傘下真情畢露中。
身手緊依涼意去，天公作美電流通。　（1991）

遲到

秋水長天無盡頭，蒙君約我到芳洲。
涼風灌滿君衣袖，未怪遲來我更羞。　（1991）

來電

相談片刻心靈合，總覺聲音似電流。
使我全身均發熱，兩情相悦共尋幽。　　（1991）

性騷擾

初春冷手太輕浮，何事敲肩斜著頭。
如此擾人真失禮，胡來怎可不含羞。　　（1989）

唇印

説話溫柔暗遞馨，笑聲滋潤我心靈。
襯衫留下紅唇印，永保芬芳刻骨銘。　　（1991）

項鍊

願作一條金項鍊，成天掛在你胸前。
歡聲笑語皆相應，共享溫馨栩栩然。　　（1991）

《人間四月天》觀後吟

1.徐志摩

風流瀟洒負文名，人在花叢喜用情。
無奈陸姝揮霍甚，西潮洗禮誤前程。

2.張幼儀

父母叮嚀崇四德，夫君冷語倍心傷。
劍橋伴讀學英語，處境堪憐枉斷腸。

3.林徽音

當年相識在英倫，結伴論詩並賞春。
幾度康河萌愛意，明眸皓齒更迷人。

4.陸小曼

春香鬧學種情苗，體態婷婷細舞腰。
狂熱追求花引蝶，新歡合拍趁時潮。　　（2000）

不了情

經年累月受熬煎，政治紛爭百慮牽。
但有親情難割捨，家人團聚自欣然。　　（1991）

三國記

妻在英倫兒在美，老夫甘願獨留台。
越洋電話雙週有，三國家庭一境開。　　（1991）

風流夢

不料初逢旋賦別，佳人長使夢魂牽。
花嬌月朗心情爽，抱月眠花樂似仙。　　（1991）

鄰座驚艷

花樣年華月樣姿，娉娉裊裊引遐思。
人間那得傾城艷，淺笑盈盈令我迷。　　（1991）

少婦怨

年輕仰慕綺羅身，誤聽傳言嫁錯人。
粉黛紅妝春一夢，孤燈伴枕淚沾巾。　　（1998）

夢母

七旬誰把乳名嚷，夜半驚魂夢見娘。
慈母垂詢家務事，奉言大小盡安康。　　（1998）

相會

半紀暌違家不成，海洲文獻吐心聲。
彭城會晤傳情素，雖近黃昏亦向榮。　　（2000）

收到美國文憑有感

鴻雁傳書越遠洋，儂兒學業勝金鑲。
拆開全是蟹形字，百萬盈來紙一張。　　（1989）

課孫有方

書香門第有賢孫，禮貌週全且慎言。
雖屬童年無稚氣，記爺教訓受人尊。　　（2004）

鑽石婚

此愛綿綿六十年，白頭偕老兩情專。
心靈交織恩難斷，相約來生再結緣。　　（1989）

包二奶

大陸台商太苦辛，野花暫作枕邊人。
可憐怨婦春閨夢，醋碎芳心何處伸。　　（2002）
註：包二奶即租妻。

相思病

愛君竟會痴成病，君竟懷疑病未深。
待汝猛然醒悟後，嗚咽斷續不成音。　　（2002）

詠物寄意

梅花郵票

喜見梅花綽約開，引人疑有暗香來。

輕盈掩映郵封上，盡是丹青信手栽。 （2005）

手稿

電腦創新多實用，堅持手稿豈尋常。

不如墨守町畦好，奇貨堪居搶手藏。 （2005）

名犬

守夜看門勝衛兵，上街跟緊主人行。

豪門一入增身價，那管遊民罵畜生。 （2005）

小白菜

一身清白抗癌強，葉嫩莖長益胃腸。

切碎燒湯煮黃豆，平民賴汝壽而康。 （2005）

吸塵器

不教居室盡蒙灰，甘願藏頭縮尾來。

肚大能容休鄙視，專心竭力吸塵埃。 （2005）

蛛網

蜘蛛簷下吐絲忙，捕捉昆蟲本領強。
粘住蝶鬚飛不了，蜻蜓入網掛中央。　　（2005）

牽牛花

喇叭名花置案頭，向陽情趣也消愁。
秋來色澤猶紅紫，彷彿佳人樊素留。　　（2005）

水

曾因觀海心開闊，淡水常來立岸邊。
隨物賦形能仗義，柔能利物可攻堅。　　（2005）

荷

綠水紅花開一朵，捲舒翠蓋露珠多。
漁游穩穩波紋破，碧腕玲瓏似捧荷。　　（2004）

竹

枝頭直上勢凌空，根咬泥沙可禦風。
經歷寒霜仍碧綠，但憑勁節勝花叢。　　（2004）

蛙

水陸雙棲鼓腹歌，池塘浮藻喜穿梭。
天生善泳人皆羨，翻土除蟲護稻禾。　　（2004）

公園日晷

日晷本來無敵意，彼方雷達重兵看。
於今轉北向韓國，卻是台中名景觀。　　（2004）

風柳

塘邊細柳漸成林，乍展新條動客心。
常惹春風飄落絮，柔枝搖浪拂飛禽。　　（2003）

雙燕

春來雙燕翩翩至，為築新巢啄草歸。
餵食群雛傳軟語，初秋弱羽向前飛。　　（2004）

手機

欲覓親朋無定蹤，衛星傳達若相逢。
天涯對話如鄰桌，握入掌中意更濃。　　（2003）

蝴蝶蘭

七朵名蘭景物奇，含情最是半開時。
美譽蝴蝶尤生動，風送幽香自解頤。　　（2003）

蓮

翠葉圓舒花綻新，嫣紅日照色清純。
千蓮挺立風姿秀，不染汙泥傲世人。　　（2003）

風箏

借得風吹便上天，乘風直到白雲邊。
問君何以升空去，皆賴權臣一手牽。　　（2003）

螢火蟲

月黑風高夜裡螢，亮光不大似飄萍。
晶瑩盪漾張燈綵，彷彿長空點點星。　　（2003）

寒梅

玉骨冰姿嶺上梅，淡香浮動滿庭開。
乘風隨霧沖雲氣，翠竹蒼松永共陪。　　（2003）

瀑布

萬丈奔騰煙雨濃，水珠飛岸勢洶洶。
銀絲彩幻紋如錦，一蕩詩人落落胸。　　（2003）

其二

濺玉噴味煙霧生，怒潮飛瀑湧濤聲。
虹拖日影隨風動，疑似游龍擺尾行。　　（2003）

芒花

不靠叢林活力強，荒山守護似城牆。
幾番風雨毫無損，十月黃花馬尾張。　　（2005）

其二

一片煙波款款飛，荒涼山徑客車稀。
芒花最是多情物，偏在重陽伴夕暉。　　（2005）

櫻花

二月櫻花照眼紅，丰姿艷麗舞東風。
繽紛落地猶圖報，化作春泥益草叢。　　（2005）

蘭與竹

四時花卉互爭榮，短暫芬芳過便空。
惟有山中蘭與竹，經春歷夏又秋冬。　　（1991）

電子郵件

不須綠使扣門前，萬里飛鴻一線牽。
網上聊天如對面，鍵盤輕按把書傳。　　（2006）

股票

股海迷途難問津，浮紅泛綠似奔輪。
歷年多少投資者，結局能贏有幾人。　　（2003）

麻將

方城誰識其中味？十指齊忙用腦先。
好友尋來全不顧，一心一意想贏錢。　　（2003）

含羞草

群芳譜外亦優遊，嘉客逗余余縮頭。
自去自來皆本色，樂觀天性豈含羞。　　（2003）

苦瓜

外觀凹凸似膿瘍，金玉其中耐品嘗。
不雅芳名難改正，須知此物甚清涼。　（2005）

柳花

長條搖曳任風浮，似雪飄零勝雪柔。
蕩漾半空如蝶舞，輕盈飛入粉妝樓。　（2004）

時節萬象

颱風
十級強風百籟喧，隔窗雨落似傾盆。
突然停電天昏暗，低處人家水打門。　　（1991）

日月潭震災
地牛疾走大台灣，震倒樓房百萬間。
群眾死傷人恍惚，明潭不再是名潭。　　（1999）

土石流
只因濫墾樹全摧，土石無依撲下來。
弄巧如今反成拙，眼前人禍創天災。

其二
山形變谷懸狂瀑，土石衝開低處家。
一片汪洋人沒頂，可憐生命染黃沙。　　（2001）

洪水嘆
土石由山往下流，民房衝倒物皆浮。
親人壓死堪沉痛，誰遣洪災舉國愁！　　（2001）

八掌溪事件

滾滾洪流困四人，纜繩搶救滑遭湮。
海鷗聞訊延遲到，誤盡蒼生是重臣。　　（2001）

日月爭輝

晴空萬里一藍天，西月東陽耀眼前。
雙照爭輝成美景，此生能見豈非緣。　　（1991）

月食

孤月高懸在碧蒼，冰輪晦冥不尋常。
地球射影今虧食，陰影移時復見光。　　（2001）

七夕

鵲橋高架霧雲開，織女牛郎此夕來。
相聚時間雖短暫，情人乞巧永相偎。　　（2001）

缺水迎颱

泳池罷演鴛鴦戲，工廠農田旱象生。
直待颱風豪雨至，全台才有水盈盈。　　（2002）

合歡山降雪

一陣寒風來襲後，合歡山頂白如銀。
紅梅嶺上齊爭放，冬盡台灣景乍新。　　　（2001）

2002年願景

世紀更新又一年，可憐失業胃難填。
艷聞肉票爭渲染，猶恐峰煙斷復連。　　　（2001）

其二

眾望星移當大員，余期口袋有零錢。
餘生只願尋常過，便是人間第一仙。　　　（2002）

歲暮悲鳴

滾滾紅塵鬧黑金，滔滔電視播騷淫。
茫茫兩岸無良策，碌碌餘生大難臨。　　　（2002）

元旦雜感

歡天喜地過新年，碌碌無為只自憐。
往事如煙如夢去，獨誇詩境勝從前。　　　（2002）

新年偶感

浮生瀛海一身輕，日暮餘暉薄利名。
去住無心忘落寞，不虞衣食怕興兵。　　（2002）

佳節懷鄉

中秋剛過又重陽，育幼思親倍感傷。
核爆驚傳民餓死，趨庭無計斷愁腸。　　（2002）

颱風夜

狂風暴雨今宵冷，樹倒花摧惜物情。
寂寞緬懷逃難苦，流人心境太淒清。　　（2002）

賀年卡

賀卡飛來又拜年，依稀老友在身邊。
蒼天也有人情味，到了殘冬互寄箋。　　（2003）

土石流（續吟）

山上已無堅土石，幾番豪雨令人驚。
傷心不忍災民哭，樹葉蕭蕭有恨聲。　　（2003）

其二

挾雨颱風起巨波，堤防潰決路成河。
浪衝土石齊奔下，滾滾洪流奏輓歌。　　（2003）

猴年即興

靈猴舞棒驚天地，兩眼神威掃腐官。
降福延年除病疫，民豐物阜合家歡。　　（2004）

春興

園桃馥郁嶺梅香，花木欣欣粉蝶忙。
如畫陽明多積翠，猛然似覺在仙鄉。　　（2004）

花朝

陽明山上花爭發，拾翠尋芳唱竹枝。
柳綠桃紅添雅趣，長吟雨後賞春詩。　　（2004）

暮春

綠肥紅瘦鬧新妝，美景良辰不久長。
鳥蝶也知春已暮，花旁飛繞惜餘香。

其二

繁陰四月百花凋，楊柳隨風舞細腰。
碧樹煙迷飄小雨，鶯啼燕語餞春朝。　　（2004）

春雨

輕盈煙雨洗飛塵，潤物無聲景物新。
大地渲成紅綠紫，詩情畫意滿城春。　　（2004）

春日思歸

楊柳青青又一春，頻年作客倍思親。
縱歸相見不相識，仍是異鄉參訪人。　　（2005）

其二

楊柳青青桃葉舞，何時返里候家書。
可憐遊子思親切，夢到鄉鄰認舊居。

其三

杏花村雨江南岸，久住蓬瀛思故鄉。
忍氣吞聲滋味苦，人情不若汝溫香。

其四

日麗風和柳線長，家鄉景色豈能忘。
舊知早逝無新識，想見親人哭斷腸。

其五

楊柳青青杏發花，年光誤客轉思家。
不知東閣今何在？遙望前村大樹椏。　　（2005）

觀梅偶感

心如鐵石耐冰霜，玉骨仙姿透暗香。
勁節高標難掩恨，堪憐國事倍淒涼。　　（2006）

陽明山夏季

陽明長夏遠塵囂，山徑雲晴碧樹高。
粉蝶紛飛花弄影，蟬聲鳥語雜蟲號。　　（2006）

七夕之二

盈盈一水鵲橋開，夜永相歡亦快哉。
牛女雙星休對泣，明年七月又重來。　　（2006）

秋晨

西園落葉雨連宵，黃菊殊難解寂寥。

翠竹含煙傳冷意，陽明景色漸蕭條。　　（2006）

除夕守歲

此夕深思百感生，政經改革悵何成？

茶甘飯白辭殘歲，燭淚流因不太平。　　（2006）

感事抒懷

事變

槍林彈雨突然來，身陷重圍當炮灰。
匍匐爬行逃一劫，迄今回味有餘哀。　　（1991）

書憤

習慣辛勞豈肯閒，鏡中鬢髮竟先斑。
傳媒政客紛爭起，晚歲徒傷世事艱。　　（1991）

徐秤莊

徐達宗孫痛國亡，埋名隱姓向東藏。
歷經數世成村落，遺澤長留徐秤莊。　　（1991）

寫詩

歷代名詩萬口傳，今人依樣創新篇。
應時口語新情調，縱有洋裝不想穿。　　（1992）

老當益壯之二

賤軀猶健走天涯，七十春秋未覺遲。
閒看夕陽終澈悟，黃昏仍可寫新詩。　　（1992）

香港會親

離人心境易悽唏，半紀睽違未得歸。
有似雲開能見日，會親香港淚沾衣。　（1992）

七七盧溝橋

七七兇鋒紀往年，盧溝殘月認烽煙。
敵言三月亡中國，看爾投降在眼前。

其二

盧溝橋上血斑斑，往事回思險又艱。
老美投她原子彈，國人喜淚得台灣。　（1998）

重九

重陽敬老大官臨，慨贈紅包表寸心。
避難登高成笑語，兒孫難得報佳音。　（2001）

其二

遍插茱萸成絕響，異鄉作客在台灣。
請看敬老千金贈，尚有人心慰老殘。　（2001）

奧運勝利

贏得金牌立大功，歡騰直使九州同。
睡獅已醒稱華夏，體力超群國勢豐。　　（2001）

父親節感懷

養兒防老成虛幻，子女高飛巢已空。
守住年金才保險，不然晚景變貧翁。　　（1999）

選舉

選戰花招屢變遷，百般造勢搞文宣。
同根煎急成仇敵，是否賢能不盡然。

其二

車塵音噪滿街坊，口水狂飛誇已強。
民主自由爭選票，賢能傑士不登場。　　（2001）

檳榔西施

長髮酥胸玉手搓，霓裳半裸舞婆娑。
勞工一日薪資少，那及西施賺得多。　　（2003）

無名英雄

一顆原彈大功成，十四萬人俱往生。

投手此時難開口，英雄自古不求名。　　（1998）

註：美軍狄百茲（Paul Tibbets）駕機投擲原子彈，在廣島
　　炸死十四萬日人，受許多美人責難，他隱居俄亥俄州
　　一小城，經商維生，絕口不談往事。

網咖對抗書店

金石堂前國際街，青年很少入門來。

網咖遊戲貪圖樂，不愛詩書最可哀。　　（2002）

註：金石堂書店旁有網路生活館（簡稱網咖）。

野墓

許莊墓地甚淒涼，荒草叢生倍感傷。

蛇鼠穿梭魂欲斷，殘骸使我更驚慌。　　（1991）

回鄉探親

暌違半紀故人逢，握手言歡憶昔容。

倦鳥歸來如一夢，親情相對訴萍蹤。　　（1996）

傷時（集陸放翁句）

更事多來見物情，半生名宦竟何成。

如今歷盡風波惡，惆悵無人說太平。　　（2002）

註：第一句見〈春日雜興〉。第二句見〈夜問鄰家治稻〉。

　　第三句見〈秋晚思梁益舊遊〉。第四句見〈夢中作〉。

人瑞遇害

梁翁練得百年身，樂善施錢更睦鄰。

素識狂徒萌殺念，天良喪盡義沉倫。　　（2002）

註：2002年4月26日百歲老人梁步雲被殺害。

盜賊橫行

道義人心似晦霾，謀財盜賊闖空齋。

年來已乏安居處，惹得衰翁忐忑懷。　　（2002）

商品文學

少小離家避難來，一生落魄髮成灰。

書無人購才何用，瞻念前塵不盡哀。　　（2001）

身分證號碼

電腦生平早載明，有關資料記真情。

見人不必提名姓，報號如今已盛行。　　（2002）

謝方教授贈巨著

頌公所贈愧芻蕘，當代詩家壓眾僚。
展卷挑燈答遲庥，含英吐粹勝雲韶。　　（2001）

頌方師松鶴遐齡

九三嵩壽仰時賢，松比堅強鶴比年。
皓首明眸神奕奕，詩壇獨步八千篇。　　（2002）

頌志工

心甘情願出初衷，不請而來是志工。
氣度昂揚行動捷，熱誠服務豈言功。　　（2002）

兩性政治

婦權崛起政壇參，廷議裙釵要肅貪。
義正辭嚴談國是，門楣不再重生男。　　（2002）

冥想

默無一語心何往？觸景生情有所思。
天馬行空除俗慮，浮遊飄蕩尚何疑。　　（2002）

過時人

厭聞世事慵翻報，電子傳媒又怨頻。
不識青年哈日語，始知我是過時人。　　（2002）

追影

路燈照射見君隨，狗仔追蹤疑似誰？
猛搶鏡頭迎趕上，知君是影自嬉嬉。　　（2001）

酒舞

舞客尋歡嫌夜短，衣香鬢影極撩人。
誰知席上西洋酒，可抵勞工百日薪。　　（2002）

宏揚詩教

三百無邪儒學彰，楚辭漢賦美悠長。
唐詩韻律形聲壯，吟社如林互頌揚。

其二

政壇行事乏綱常，宦海淪為奪利場。
公德蕩然須挽救，宏揚詩教是良方。　　（2002）

輓劉菲

先生驟性卻雄奇，世界詩刊大有為。

古體新詩同羽化，空留偉抱外星知。　　（2001）

痛苦出詩人

滿懷憂鬱感淒然，碌碌無為年復年。

偶觸情懷來一句，不期而得好詩篇。　　（2001）

詩人悲歌

下筆心情淚暗垂，平生功力有誰知。

如今政產文經界，只愛浮名不愛詩。　　（2002）

詩詞身後事

余在騷壇沾上邊，詩詞滿口自欣然。

時人莫笑余痴甚，或可流傳幾百年。　　（1992）

詩心

步行遲緩髮蒼蒼，展讀閒吟覓句忙。

惟有詩心長不老，至今仍似少年郎。　　（2002）

論詩

不論新詩與舊詩，好詩自會引人奇。
多元社會多風貌，韻律詞章要合時。

其二

好詩耐詠調悠揚，立意清新韻味長。
妙句天成人朗誦，遣詞質樸又何妨？　　（2002）

讀《乾坤》古典詩有感

時賢詩作自傳神，懷舊成吟感賦頻。
新秀新題同播美，好詩俱在性情真。　　（2002）

《思邈詩草》問世感懷

離鄉負笈出秦關，亂世飄萍一飯難。
五十年來平淡過，謅詩贈友展歡顏。　　（2003）

女廚工

日日穿梭爐火邊，搬盤洗碗苦終年。
可憐勞務工資少，不足乖兒補習錢。　　（2006）

將軍冶遊

戡亂移師志未伸，四周環海北投春。
美人窩作將軍陣，猶似交鋒不顧身。　　（1993）

中山頌

民主先驅興亞東，殷憂啓聖氣如虹。
高標博愛千秋業，革命薪傳溯大同。　　（2006）

文化交流晚宴

喜見叢花對月開，騷人墨客帶書來。
何緣相識今宵樂，贏得名流笑語陪。　　（2004）

離奇命案

多角戀情猶未婚，閨房慘劇死含冤。
於今世上無包拯，誰向黃泉問鬼魂。　　（2004）

觀梁祝劇作

細摹梁祝愛痴來，觀眾咸欽戲劇才。
宛轉淒聲同落淚，今人常為古人哀。　　（2003）

初見

兄離蘇北弟年幼，弟見兄時兄已衰。
七六高齡一黃鶴，猶能識路慢飛回。　（2004）

知命

如煙往事不逢時，少壯艱難苦自知。
時勢已隨雲散去，晚霞爭艷入新詩。　（2004）

贈方老師

經風老樹紮根深，欣伴新枝作雅吟。
只要生徒知吸取，傾囊相授似甘霖。　（2003）

詩旨

老年何事為詩忙，山色湖光引我狂。
旨在養生添幾歲，心怡興雅伴殘陽。　（2003）

官場

薄情寡義是官場，在位榮華酒肉忙。
貪得浮名如走馬，一朝下野覺淒涼。　（2003）

浮雲

浮雲飄過似游龍，引我追思意味濃。
富貴早年曾嚮往，功名未就已龍鍾。　　（2003）

感時

競選之言羽翼輕，一朝得勢怒眉橫。
多行不義焉能久？作孽終將獲罵名。　　（2003）

一字師

自知詩句欠高明，銳意求精免俗塵。
幸得名師頻點化，稍更一字便傳神。　　（2003）

勸學詩

腦健身強耳目明，常嗟乏友築方城。
何如參與吟詩社，喜伴騷人脫俗情。　　（2003）

七四遣懷

若夢浮生七四春，蓬瀛濟世受高薪。
棲身宦海多風險，只好耽閒作墨人。　　（2003）

詩癖

陽明瀑下遇知音，雅韻新詞繫缽吟。
見小油坑煙霧繞，詩情忘卻賞花心。　　（2003）

詩聲

措辭造句有來由，知己相偕同唱酬。
莫謂殘年無所事，詩聲亦可代嘉猷。　　（2004）

不景氣

農民辛苦為錢忙，蔬果因何棄道旁。
渴望高官多體恤，莫教村落鬧飢荒。　　（2004）

失業偶感

工廠西移失業荒，高層剜肉代醫瘡。
民心欲把真情訴，誠信由來是妙方。

其二

螢屏畫面自相殘，鐵石心腸也膽寒。
三十萬人悲失業，台澎塵世不平安。　　（2005）

感憤

經濟蕭條疾苦多，人浮於事失調和。
謀財害命天天有，度日艱難喚奈何！　　（2005）

山中養老院

養生文化向山伸，生活無憂自在身。
銀髮學園師亦友，餘年安享遠囂塵。　　（2005）

移民

赴美空餘數仞牆，徒勞夢想感徬徨。
飄萍流轉堪惆悵，豈料殘年滯異鄉。

其二

南進西歸東赴美，眾皆如此我何從？
多因老命自憐愛，心裡平安不畏烽。　　（2005）

同班校友會

離鄉背井多孤寂，七載同窗似弟兄。
五十年來頭盡白，相談往事酒頻傾。

其二

從醫服務渾忘老，體健猶如少壯時。
世事滄桑難預料，幾人高壽到期頤。　　（2003）

今非昔比

錢淹腳目記猶新，購遍全球羨煞人。
近幾年來情勢變，市場衰退似奔輪。　　（2004）

受洗

受洗此身除俗累，感恩最是養生方。
晚來功祿隨雲散，不叩權門叩教堂。　　（2004）

獲頒詩教獎感賦

端陽大會登金榜，榮獲殊譽喜氣揚。
名位由來無倖致，苦吟今日有酬償。　　（1993）

圓山忠烈祠

大義彰揚忠烈祠，換班儀隊展雄姿。
日人參拜觀圖畫，遙想侵華激戰時。　　（2001）

參加第23屆世界詩人大會感賦

全球詞長會瀛台，文化交流笑靨開。

琴韻笛聲添雅趣，嘉賓各個展詩才。　　（2004）

春人詩會

教師會館大門開，酒侶詩朋結伴來。

彈指須臾千載後，幾人贏得八叉才。　　（2005）

怪事

報導通篇寫太平，尋歡獲利位公卿。

但求一己能當道，那管黎民死與生。　　（2005）

神州五號載人升空成功

利偉乘舟飛上天，大功突破幾千年。

中華登月將重見，東亞雄獅早不眠。　　（2005）

亂象

荒淫槍殺八方傳，亂象分明在眼前。

失業青年多走險，憂民無語問蒼天。　　（2005）

中國豬

前庭日落漸黃昏，竟日無人來叩門。
昨夜精神生活苦，芳鄰辱我是華豚。　　（2005）

勸戒煙

旁人厭惡在心頭，勸汝戒煙君照抽。
不幸罹癌成永訣，溯前悔後淚難收。　　（2005）

網路援交

援助思春慰寂寥，無聊伴侶耍花招。
兩情交往多欺詐，網路文明種禍苗。　　（2005）

台灣國小學童

幼小聰明性好奇，七分不樂有心思。
語言三種真難學，通用名詞卻不知。　　（2005）

電腦月老

時髦月老展新姿，亂點鴛鴦電腦欺。
多少青年遭詐騙，文明毒餌實堪悲。　　（2005）

夢想

錢多事少離家近，官拜專員責任輕。
天曙鳥啼驚好夢，但求溫飽不求名。　　（2005）

偷渡恨

漁船滿載少年娘，偷渡來台入錯行。
受騙方知淫窟苦，此情何處得伸張。　　（2005）

安息

靈魂道別赴幽冥，化蝶升空雲氣青。
擺脫人間煩惱事，天堂永久享安寧。　　（2005）

夫子自謔

未期長壽壽偏長，老友凋零倍感傷。
幸有門生來問字，揮毫用腦免牽腸。　　（2005）

不婚

單身貴族近來多，深恐良緣轉是魔。
更有野情堪愛處，老來未必一人過。　　（2005）

中年失業

中年失業最堪悲，逐日開銷難自持。
深恐愛兒心不定，佯裝外出畏人知。　　（2005）

抗煞烈士

口罩失靈遭煞攻，一朝傳染變英雄。
亡魂入廟旌忠烈，祭典莊嚴三鞠躬。　　（2003）

獨唱

鋼琴伴奏調悠揚，獨唱中音韻味長。
清脆歌聲旋律美，餘音裊裊夜來香。　　（2004）

勉七十壽翁

美妙人生年復年，勞身為國節猶堅。
心中動力無窮盡，七十仍須再向前。　　（2004）

狗號

守夜看門充衛士，人前護主展雄姿。
平時稱我為朋友，誰料冬來竟剝皮。　　（2005）

便餐

難得吟朋幾度邀，一同走進麥當勞。
雖然不比餐廳鬧，對坐交談意氣豪。　　（2005）

蕉聲

大葉靈苗分外清，沙沙雨打作秋聲。
雙旌翠扇芳心捲，金鼓交鳴雜鳳笙。　　（2005）

竹影

窗外幽篁月下栽，風吹瘦影上台階。
細竿尖葉婆娑動，疑是老人扶杖來。　　（2005）

蠶吐絲

年邁裁詩可自怡，宏揚風雅不容辭。
騷人聚會渾忘老，未死春蠶尚吐絲。　　（2005）

老聲常嘆

精神贍養最為真，現代青年少探親。
耳畔頻聞朋友死，此時心境極酸辛。　　（2004）

遣懷

安貧能免身名累，知足堪離逐利場。
接物謙沖文會友，吟詩遣興看殘陽。　　（2004）

其二

波逐萍飄七五年，身無寶物也無錢。
鄉親好友多殘病，祇以閒情作短篇。　　（2004）

外籍女傭

遠離家國來台島，照料三餐竟日忙。
護理老殘難解悶，夜闌抱枕淚沾裳。　　（2005）

悼大作家無名氏先生

卜老風流世所知，一生際遇頗離奇。
坐牢裝病逃橫死，著述等身為大師。　　（2002）

其二

巨著無名書六卷，宏論宇宙至通神。
堅持真理不降服，勇毅超群第一人。　　（2002）

其三

絕筆仍書不要死，尚懷簽約赴蘇州。
那知病勢趨沉重，瞑目真教了百憂。　　（2002）

夢無名氏（卜寧）

元旦年年設壽筵，因君去世憶從前。
陰陽隔絕難相見，幸有南柯景可連。　　（2004）

哀海珊

民族菁英成國君，虛張聲勢共和軍。
船堅炮利來攻擊，百姓強人玉石焚。

其二

伊國海珊如帝王，行宮富麗又堂皇。
企圖享盡人間福，豈料江山化戰場。

訪灌雲馬老師故居

特訪師居來灌雲，此行心地自欣欣。
伊山鎮上中街鬧，宛似音容入見聞。

其二

三年受教烽煙散，半紀回蘇訪灌雲。
終是一生遺憾事，連篇遺著悉遭焚。　　（2004）

重印馬老師遺著

馬師手澤今何在？文采依稀在眼前。
近十年來心底事，望能重印廣流傳。　　（2004）

悼韓偉院長

革新醫教死方休，撒手歸前猶運籌。
首創陽明遺後世，蓋棺從此不須愁。　　（1994）

敬悼劉太夫人

星沉寶婺瑞雲移，駕返瑤池玉女隨。
教子有方垂淑範，輓詩哀向外星知。　　（2004）

其二

奉養翁姑四體勤，栽培諸子樂從文。
壽婆九九應無憾，好趁殘春駕彩雲。　　（2004）

哭鄰村毛慶雲兄

童年引我讀詩文，海峽隔離難見君。
豈料還鄉尋舊識，傷心落淚上孤墳。　　（2004）

史達林之孫

不行仁義只稱王，禍及孫兒離故鄉。
一世大名留史冊，豈知三代竟流亡。　　（2004）

鄉夢

睽違半紀得相逢，兩岸親朋認昔容。
天亮鳥啼驚好夢，依然宿在玉山峰。　　（2005）

弔李白

傲骨天生志未伸，豪情雅興創思新。
詩風飄逸含仙氣，采石磯名永不湮。

其二

桃花潭水情依舊，白帝浮雲不若前。
寄語詩仙莫驚訝，能由蜀道上青天。　　（2004）

淮海戰場

回憶當年此戰場，陣前數十萬人亡。
放懷不覺今何世？綠鬢已成雙鬢霜。 （2005）

酬庸封官

人生在世似蜉蝣，難得邦家名器酬。
深恐來朝轟下野，官銜不及爛羊頭。 （2005）

乘淡新捷運有感

科技翻新載客馳，行車穩準價便宜。
淡新鐵路經三線，今日惟須一小時。 （2002）

101大樓跨年夜

千丈高樓夜跨年，煙花燦爛彩連天。
霓虹奪目標新喜，枉顧貧民心淡然。 （2006）

熊貓怨

原住高山多適意，邇來邀寵及全球。
誰知終日撩人笑，竟有蓬瀛拒我遊。 （2006）

淮海農村

遍地金黃細柳屯，戰爭殘跡了無痕。
扶農有力鄉間好，商借蹊旁穀物翻。　　（2005）

山村

松風輕拂自悠揚，翠竹紅樓傍綠楊。
最喜山村新景色，櫻花怒放映斜陽。　　（2005）

竹徑

竹葉稀疏日影搖，步行小徑樂逍遙。
胸無俗物堪留戀，結識松梅氣勢驕。　　（2005）

乙酉年歲末聯吟（台閩詩人）

兩岸交流萬象更，閩台詩友故鄉情。
於今老去成閩漢，最喜高吟河洛聲。　　（2005）

鷹揚

揚翼長空萬里風，龍騰雲朵圈無窮。
寸心慚與年俱老，苦羨高飛又俯沖。　　（2005）

神州六號

國運興衰彼一時，和平崛起莫遲遲。
神州六號成功後，定使蝦夷拜醒獅。　　（2005）

還鄉一景

少小離家六十年，老衰歸里拜鄉賢。
親人相見不相識，往事前塵同化煙。　　（2005）

廢村

少小離家老不回，農村耆宿素心灰。
面臨荒廢須遷徙，人地生疏百事哀。　　（2005）

誠信

承諾如金筆下揮，高層人語見恩威。
言行道德高規範，面對清風自吐菲。　　（2005）

山居老人

山居遠斷市聲譁，晨沐朝陽晚浴霞。
美景天成人益壽，堪憐重聽眼昏花。　　（2006）

霧鎖陽明山

陽明久住壽增長，霧暗群山倍感傷。
觸目沿途多老者，皆留病眼閱滄桑。　　（2006）

吾家

華洋雜處多名店，路側繁花似畫圖。
天母廣場成景點，吾家若在美人廬。　　（2006）

玫瑰城浩園

先生家住玫瑰路，弦誦浩園憑藥樓。
好鳥窗前來作伴，吟詩引頸叫啁啾。

註：玫瑰城是新店現代化社區。浩園藥樓是詩學大師張夢
　　機教授寓所。

其二

秋風掠鬢鬢如霜，開卷謅詩精鍊忙。
忘卻八旬無記性，只緣身在壯年旁。　　（2006）

題畫竹

畫中飛動蒼龍氣，難得修篁碧玉竿。
堅節鮮明詩意遠，虛心被雪有餘寒。　　（2006）

人情味

濃於蜜汁潤心田，社會關懷不若前。
今日流行向錢看，人情淡薄似浮煙。　　（2006）

五言律詩

旅遊留影

阿姆斯特丹中秋（荷蘭）

今夜中秋月，荷蘭未見明。

海堤波撲岸，磚道雨敲琤。

花圃多詩味，風車乏水聲。

窗帘高格調，猶憶赤毛城。　　（1994）

象山水月度中秋（桂林）

象鼻山頭月，漓江照碧流。

桂花香郁郁，棠葉綠油油。

試探仙岩洞，招遊彩艇樓。

吳剛忙弄斧，此夕是中秋。　　（2000）

註：2000 年 9 月 12 日（農曆中秋節），余受邀來此。

基隆港（台灣）

一見基隆港，瞬間思故鄉。

河寬相近似，船大顯高昂。

國際來遊客，天涯去遠航。

自由誠可貴，海鳥任翱翔。　　（1989）

保健忠言

環境汙染

日光空氣水，清潔已難尋。

煙霧侵人肺，汙流傷我心。

河川遭色染，山木受塵深。

工廠今林立，藍天不復臨。　　（1988）

老病抱憾

高年長臥病，流淚露真情。

睜眼盯兒久，掀唇喚太輕。

有心圖握握，無意發哼哼。

日漸迷糊狀，遺言說不清。　　（1997）

愛網柔聲

五言律詩
榮總荷池

萋萋芳草路，淑女比花嬌。
桃靨不能吻，柳腰難繪描。
荷池香馥馥，水面影飄飄。
往事成追憶，情牽九曲橋。　（1991）

思母

苦念高堂母，鄉居豈可安？
亂離家道落，羈旅客身寒。
書信無從寄，心情那得歡。
時堰相送地，淚共雨聲殘。　（1990）
註：時堰屬蘇北東台市。

感事抒懷

檳榔西施

圖利售檳榔，西施著薄裳。

啓唇聲轉婉，眨眼臉飄香。

玉手隨君握，酥胸任爪狂。

司機多樂此，學壞少年郎。　（2001）

望月懷恩師

明月思鄉切，長懷馬老師。

恩情堅比石，危局亂如棋。

宦海難生計，騷壇竟著迷。

當年若未學，今豈說能詩？　（2001）

詩人節感賦

歡渡端陽節，屈原千載名。

離騷提警覺，投水表忠貞。

墨客詩猶盛，龍舟賽未停。

汨羅江上鳥，仍作不平鳴。　（1992）

落葉

秋風吹落葉，最惜遠離根。
本自江都府，飄來瀛海村。
經年頻悵惘，竟日少溫存。
產地難歸去，淪為野鬼魂。　　（2002）

望海

潮湧浪奔放，灣灘砂石隨。
濤聲長節奏，靈感自謙卑。
樹葉波頻捲，漁舟水猛馳。
斯人何渺小，滄海一漣漪。　　（2006）

七言律詩

旅遊留影

出席漢城第 17 屆世界詩人大會（南韓）

世界詩人會漢城，全堂濟濟盡群英。
三韓史跡知名早，萬國騷壇創意明。
魔術展圖贏掌鼓，錄音伴奏帶琴聲。
東西文化能融合，擊缽吟風獲好評。　　（1997）

註：1997 年 8 月 20 至 24 日，在漢城（今易名首爾）舉行
　　第 17 屆詩人大會。會場上穿歷史服裝、朗誦詩反面
　　繪製圖畫等，洋洋大觀，令人讚賞。

斯洛伐克作家協會林園感賦（斯洛伐克）

綠草如茵樹影叢，成千腳印五洲通。
華英雜語群英會，得意吟聲好意同。
悄悄舉杯邀月食，輕輕揮筆奪天工。
盛筵今夜終須散，國際隆情成長中。　　（1998）

註：第 18 屆世界詩人大會於東歐斯洛伐克召開，8 月 22
　　日在作家協會林園舉行晚宴，數百位詩人歡聚。場中
　　華語、英語、法語、德語通用。得意二字與德、義兩
　　國諧音，聊博一笑。

第19屆世界詩人大會（墨西哥）

墨西哥國結吟緣，世界詩賢共串聯。

一代騷風看蔚起，兩洲令譽喜流傳。

宏揚詩教垂千載，美化人生享百年。

冠蓋如雲齊朗誦，縱橫筆陣耀青天。　　（1999）

註：第19屆世界詩人大會於1999年10月24—30日在墨
　　西哥阿卡波爾科（Acapulco）市舉行。

登高望遠（紐約）

世界之窗氣勢雄，登臨絕頂若懸空。

人車走動如玩偶，船艇航行似彩虹。

俯瞰哈河環島繞，遙看公路幾州通。

浮生到此超塵俗，紐約風光夢幻中。（1997）

註：①世界之窗是指紐約世貿大廈第107層樓，第110層
　　是頂樓，高420公尺。二者均可觀賞紐約市全景及
　　紐澤西州、康乃狄克州等。不幸於2001年9月11
　　日遭恐怖份子劫機兩架撞毀。

　　②哈河全名是哈德遜河。

　　③世貿大廈是雙塔建築，又名雙子星大廈。今均成為
　　歷史名詞。

遊以色列歸來（以色列）

以阿紛爭鬧不休，戰雲密佈聖城遊。

舊都三教高牆固，新道群車曲徑流。

攜彈回民常引爆，逛街旅客易生愁。

提心吊膽雙週過，萬里歸來志已酬。　　（2003）

大直橋燈（台北）

大直橋頭氣象升，空中弧射鴈行燈。

良宵頂上聞機過，深夜岸旁看水澄。

針孔搜尋難搶劫，光芒閃爍欲飛騰。

人工巧奪天工後，月照基河趣味增。　　（2006）

註：台北市大直橋建在基隆河上。燈景像鴈群飛的「一」
　　字，呈弧形向天空飛騰。頭上可見飛機飛過。因近松
　　山機場。

保健忠言

養生吟

保健良方笑語頻，意誠心正廣施仁。

均衡營養無偏味，濃烈甘醇少入唇。

終日勤勞圖報國，清晨運動為強身。

深謀遠慮求完美，服務人群在便民。　　（1984）

祝羅光瑞公八秩壽慶

羅致人才為國用，光榮盛德受尊崇。

瑞開教授傳心法，公治肝炎教化功。

名震全球憑毅力，高居顧問播仁風。

壽登八秩身猶健，長使同儕仰道躬。　　（2002）

註：羅光瑞教授為防治肝炎疫苗注射立功，享譽全球。

賀岳母大人百年大慶

星輝寶婺瑞雲稠，慶溢蓬瀛競祝謳。

氣定神閒身體健，心怡興雅德行優。

居家平淡勤成習，教子多方志已酬。

放眼古今諸姥姥，幾人能得百年籌。　　（2002）

耄境

早死未嘗非幸福，貪生所得乃添愁。
輕軀百病終難免，竟日寡歡少自由。
舉步為艱惟面壁，進餐乏味直搖頭。
官能次第皆消萎，歲月無情老淚流。

其二

閉門觀壁老年哀，兩眼昏花睜不開。
枕上夢回猶有淚，腦中思盡已無材。
堪憐池畔風前柳，厭看床頭桌面灰。
澈夜難眠懷故舊，如何孤寂莫須猜。　　　（2006）

老年學詩

白髮求知慰暮年，師生耄耋結文緣。
躬聆句句心中記，筆錄行行腦裡研。
解惑尤須詢古意，創新才可作佳篇。
爭分奪秒揮毫速，頗覺詩成樂似仙。　　　（2002）
註：余年73歲始向文化大學華岡教授方子丹學詩。

愛網柔聲

春遊

碧草如茵花影重，深深腳印是芳蹤。
低徊細語真心露，爽朗高歌愛意濃。
執手依依談趣事，鎖眉悄悄展歡容。
願君今日遲遲去，脈脈溫情有所鍾。　　（1989）

交際舞

燈光旖旎樂聲揚，春色撩人翠袖香。
愛火初燃蜂引蝶，情潮暗起鳳求凰。
男圖擁女花心動，女想依男柳眼張。
只恐良宵酣舞罷，卻因分道兩相忘。　　（1994）

賢婦

玉手丰姿雙腿美，明眸皓齒髮垂肩。
烹茶煮飯勤操作，育女生男盡愛憐。
定省公婆兼睦族，廣交鄰里更尊賢。
滿心歡喜非嬌態，幸福家庭值大錢。　　（2006）

時節萬象

颱風

十片烏雲十級颱，漫天暴雨頓成災。
沿途落葉蕭蕭下，遍地洪流滾滾來。
水電俱停無處食，車船受阻不能開。
一年數度遭風劫，窪地居民最可哀。　　（1998）

地震

樓搖轉眼連牆倒，黑夜災民睡道旁。
母哭父號尋子女，兄抬弟抱送傷亡。
殘垣受困悲垂淚，大業成灰痛斷腸。
嘆息震威無預警，呼天無語愈彷徨。　　（1999.9.21）

南亞海嘯

大發天威動地牛，海洋狂嘯怒潮流。
群屍浮起堆砂岸，巨浪飛來毀閣樓。
猛獸先知逃一劫，遊人罹難泣無休。
烏鴉啄食心何忍，瘟疫相延舉世愁。　　（2004.12.26）

感事抒懷

光碟風波

閨房針孔涉春光，檢警人員大掃黃。
美妞未防遭監視，巫婆有意巧安裝。
公權應把偷窺禁，司法尤須正義張。
但願包卿來審案，莫教狗仔太猖狂。　　（2002）

華航空難

華航一直上青天，忽訝長空解體傳。
導彈誤攻難置信，油箱爆炸待追研。
夫妻兄妹沉沙底，親友兒孫置岸邊。
兩百餘人同羽化，春閨夢碎不成眠。　　（2002）

棄井庵品茗

翠綠文山耀夕陽，茶煙輕舞意飛揚。
香浮鼻孔天行健，喜動眉梢老運昌。
舌蕾長留泉水味，心田最愛竹風涼。
烘焙饒趣精神爽，細啜微吟引興長。　　（2002）
註：棄井庵是方子丹教授寓所。

喜賦春人詩社五十年大慶

台北春人載譽隆，星霜五十振騷風。
吟旌高舉群賢集，采筆頻揮教化同。
詩句縱橫稱泰斗，鐘聲磅礴啓愚矇。
名家輩出光華夏，喚醒吟魂一代崇。　　　（2004）

參加世界詩人大會感賦

世界詩人秋季會，群賢相見破愁眉。
吟哦佳句驚寰宇，誦讀新詞振海湄。
主旨論文多巨構，專題研究著宏規。
華章定可傳千古，何獨逢場奪錦旗。　　　（2004）

敬和霍松老〈海峽龍岩筆會〉原玉

瀛島詩人一樣心，龍岩盛會友情深。
血緣自是中原種，聲調由來河洛音。
文化交流同享樂，財經互助共榮歆。
三天相處三秋感，兩岸聯吟貴似金。　　　（2006）

蔡厚示、劉慶雲兩教授《雙柳居詩詞》讀後感

大雅珠璣雙柳中，勤翻夜讀沐春風。
編年順序千家頌，佈局清新兩岸通。
警句深情傳世寶，鴻篇厚意奪天工。
詩詞合集藏精品，巧運殊裁伉儷功。　　（2006）

新年偶作

世紀更新已四年，境遷時過意茫然。
居官事主嘗甘味，致仕閒人斷俗緣。
欲返故鄉惟入夢，相知舊友半歸仙。
眼前景象難言好，感謝蒼天命苟全。　　（2004）

出席海州鄉情詩會

海州學派九州先，歷代詩人著萬篇。
協會聯盟思廣益，門徒遠道識諸賢。
童年馬伯初啼試，晚歲方翁古調傳。
同是灌雲大師輩，終生受業亦前緣。　　（2004）

感時

淹留蓬嶠一年年，經貿起飛難向前。
世事滄桑如冷露，人生富貴似輕煙。
儒流越軌偷春色，政客爭權搞黑錢。
了悟紅塵心自足，騷壇浪跡慕高賢。　　　（2005）

賀梁璱老師九秩華誕

連雲林下世稱奇，譽滿吟壇舉國知。
吐鳳才高多逸句，雕龍手健汰浮詞。
頌聲巨著宏心法，作育群英立道基。
九秩遐齡身不老，何緣有約祝期頤。　　　（2004）

回視江蘇有感

回蘇尋勝近中秋，信步江南訏景幽。
渴望三通思切切，所談重見興悠悠。
詩文會友如萍聚，叔姪深情各淚流。
應化干戈為玉帛，新生後代本無仇。　　　（2005）

敬賀林社長恭祖八秩華誕

林老吟懷率性真，文思敏捷句清新。

詩壇居冠風騷領，世象紛繁雅頌陳。

古聖名高垂宇宙，遐齡體健陟崑岷。

儼然復有凌雲筆，藻繪江山浩蕩春。　　（2006）

訪上海老校友抒感

高齡有幸聚江灣，勞改成詩不忍看。

事宋帝秦雙選擇，赴台留滬兩為難。

莫言醫術如良相，敢說抱球勝玉關。

此夕相逢杯在手，蓬瀛猶怯鼓鼙寒。　　（2006）

註：1.留滬校友慘遭下放農村勞動改造，寫成詩篇。

　　2.《擁抱地球》環遊64國，勝過度玉門關。

　　3.台灣仍畏聞鼓聲，乃怕打仗也。

淡水雅集

半紀懸壺位列侯，騷人墨客我同流。

世間亂象無心管，囊內佳篇任意留。

逐字推敲新月出，成詩斟酌晚霞浮。

飽餐筵散分歸後，捷運車中作夢遊。　　（2006）

首屆海峽詩詞筆會感賦

兩岸騷壇四海傳，宏揚詩教盛空前。

超群革故多名士，易俗標新勝昔賢。

奮筆不凡融一貫，微言警世集千篇。

龍岩首屆開風氣，神韻華章獨占先。　　（2006）

跋

　　我在高一時曾讀唐詩，學會平仄聲和押韻的常識，偶爾湊兩句，而奠定了四十年後學寫詩的基礎。進入醫學院後，功課繁重，已無讀詩寫詩的時間。直至 1987 年，工作較得心應手，且無壓力，才有閒暇學寫詩。《中央日報》、《新聞天地》等十三種報刊都登載過拙作。1989 年 6 月起，拙詩常在《榮總人》上發表，同時《源遠》也增闢海外校友版，由於編輯使命繁重，職責所在，暇時必須多翻閱唐詩宋詞，藉以撰寫新聞標題和一般文題，真是「一枝動而百枝搖」，模仿詩詞的格律湊幾句，可皆不上道，水平不高，竟也有人說好，對我非常勉勵。外籍教授和學生也喜歡看我的詩，因而前輩們推介我入中國詩經研究會，萬想不到會受 Dr. Zsoldos 的青睞，願為我校正英譯稿，鼓勵我出專集《養生吟》（*Regimen*）。當年並

蒙中華醫學會會長羅光瑞博士及國立陽明大學校長韓
韶華博士作序，竟獲頒教育部「宏揚詩教」獎。

　　1994年我屆齡退休，文藝界和我交往的人士漸
多，學習了寫詩的正確方法。1996年，藍雲（劉炳
彝）先生要辦一份新（現代）和舊（古典）並存的
《乾坤》詩刊，周伯乃先生任社長，邀我任副社長。
我掌握機會，每期都寫現代詩和古典詩發表，當時我
寫的現代詩不成體統，他們就為我修飾，勉強刊出。
旋即帶我加入「三月詩會」，每月第一個星期六集會
一次，經過十餘位先進的斧正（謔稱「修理」），現代
詩漸漸地知道重視「營造意象」和「詩的語言」了。
古典詩主編林恭祖社長介紹我加入「春人詩社」，每
兩個月集會一次，時間是在單月的第三或第四個星期
六。我的古典詩用字遣詞與意境表達，經過方子丹教
授和先進們的潤飾，漸漸地有「詩味」了。2003
年，我自覺拙詩尚似乎有點模樣，敝帚自珍，不妨收
集成冊，以《思邈詩草》書名印行。我也經常參加其
他詩社和詩學會活動，連世界詩人大會和全球漢詩研

討會，我也飄洋過海出席過，2006年11月，竟被邀出席「首屆海峽詩詞筆會」。人頭慢慢混熟了，詩藝也眞的有進展了。

《乾坤》詩刊愈辦愈進步，而新舊詩主編們閱稿也愈趨嚴格。2005年1月林正三會長特別推荐我向詩學大師張夢機教授請益，張教授俯允爲拙詩推敲刪正，並正式授課。我即將拙著《思邈詩草》及近作呈請張教授核閱，他逐句逐字斧正五百餘首，是以重刊一集，這才有此本《健遊詠懷》問世。

此書內容，包含五絕、七絕、五律、七律等體，並依內容分爲：「旅遊留影」、「休閒記趣」、「保健忠言」、「愛網柔聲」、「詠物寄意」、「時節萬象」、「感事抒懷」等七類，總計五百餘首。每首詩標示年代，藉以回憶當時靈感燃燒的滋味。眞實記錄我由苦難中成長、茁壯的心靈軌跡，表達我對人生的感悟，對生命的熱愛，以及對古典詩舊瓶裝新酒的探討。桑榆晚景，能每天寫一點東西，留下一些詩篇，就像拍下一些彩照，讓生命眞實地存在過。如能保持健康，

多活幾年，那也值得。此詩集肯定禁不起大詩家、名詩人的青睞。但對初學寫古典詩者，或許可作一些參考。「保健忠言」類的詩，具有科學性、實用性及趣味性，可助人解憂療傷。「旅遊留影」類的詩，是我環遊世界 64 國親眼所見的寫真，特別插印一些彩圖，也可引人聯想遐思。

此書蒙中央大學教授詩學大師張夢機博士熱心命名，並賜序言。台灣師範大學名教授名詩人邱燮友（童山）撰〈人文記遊詩人徐世澤先生及其詩——為《健遊詠懷》集作序〉。現代詩名詩人麥穗先生惠賜宏文，古典詩大詩家宋哲生教授贈詩致賀，均使本詩集倍增光彩，我生何幸，得此機遇，令我萬分感激。

我也要感謝「春人詩社」、「三月詩會」及《乾坤》詩刊四十餘位先進審閱，萬卷樓圖書出版公司總經理梁錦興先生及主編陳欣欣女士策劃。內人全秀華及小女曉儂亦十分支持我，得以順利付梓。午夜夢迴，這二十年來，一些人和事的大是大非，均已幻化泡影，惟有拙詩尚得留存。但不管朔風乍起，雪地仍

顯印跡。春夢秋魅雖斷,藕絲殘痕猶存。拙詩已是這些印跡與殘痕。閒時可供咀嚼、回味,這正好證實了:有時詩如橄欖,回味無窮。而靈敏的讀者,亦可從詩中內涵及年代,多少可以領略到我當時如萬花筒的心路歷程和生命情態。

徐世澤 2007 年三月於台北

傳統中的現代詩質

——讀徐世澤著《健遊詠懷》有感

麥　穗

　　五年前連續拜讀趙諒公先生發表在《乾坤詩刊》的大作〈談傳統詩與新詩交流的問題〉。拜讀之餘，對於趙先生的見解頗有同感。雖然並不完全同意新詩必須押韻，但為了增加詩在朗誦時的音韻美，不妨考慮加韻，當然刻意的押韻，並不是新詩創作的必然，但自然的流露也不必刻意去迴避，所謂自然流露，大都是創作者胸中已經深植有傳統詩詞的根，這也是一種新、舊詩的自然交流，所以這種詩人的作品多半可以朗朗上口，含有一份傳統的詩質。就如詩人向明說的「能保存傳統所經得起時間考驗的詩性特質」。這也就是趙諒公先生所說的中國詩的傳統美質。

　　趙諒公先生除了主張將傳統詩習用的辭彙移植到新詩上面外，也希望將許多俗語裝到傳統詩軀殼裡

面，雖然前者並不一定為極現代的新生一代寫詩朋友所接受，而後者當然有賴於趙諒公先生這種熱心詩運的傳統詩人們的努力了，但最近曾閱讀「三月詩會」同仁（乾坤詩刊社副社長）徐世澤的詩，因為徐兄是一位從傳統詩出發走進新詩領域的，所以他算是一位傳統與新詩的雙棲詩人，因此他的新詩不經意間就會流露出傳統詩的韻味，而他的傳統詩也有接近現代化口語的現象。筆者曾在一篇評介徐詩的拙文中，提出〈羅恩湖夜遊〉中的「璀璨陽光伴夜遊」這句現代味十足的詩句為例。

最近徐世澤兄又將出版新著傳統詩集《健遊詠懷》，筆者有幸，承徐兄惠予先睹為快的機會。雖然筆者對傳統詩祇是一個愛好者和欣賞者。對徐兄的大作不敢有所置喙，但在細細品賞之後，發覺這冊傳統詩作有許多欣賞之處，如許多詩篇取材於日常生活和見聞，詩題更與現實生活緊扣著，如〈塞車〉、〈來電〉、〈人妖秀〉、〈外籍女傭〉、〈檳榔西施〉、〈電子郵件〉、〈吸塵器〉、〈手機〉、〈包二奶〉等等，

使人感到傳統詩並非如想像中那麼古老，那麼遙遠。
感覺上尤如在和左鄰右舍聊天話家常。至於他詩中的
現代化語言，除文前所介紹的〈羅恩湖夜遊〉外，在
這本詩集中更有不少介乎新詩語言的佳句，而且夾雜
著一些現代生活用語（也可算是俗語），如〈塞車〉
中的「午餐成泡影，糕果暫充飢」的「泡影」。「美
人驚魂」中的「泱泱老美惹奇災」的「老美」，〈手
機〉中的「衛星傳達若相逢」中的「衛星傳達」，
〈網路援交〉中的「無聊伴侶耍花招」的「耍花招」，
〈空屋〉中的「無殼蝸牛想不通」的「無殼蝸牛」。
〈過時人〉中的「不識青年哈日話」的「哈日」，〈追
影〉中的「狗仔追蹤疑似誰」的「狗仔」等等不勝枚
舉。

趙諒公先生主張傳統詩解放，這是一個非常開明
的建議，記得已故《世界詩葉》主編劉菲，曾提倡
「古體新詩」。雖然沒有引起多大的迴響，和學理上的
確認，但他那份想結合新和舊的理念和勇氣，是令人
敬佩的，目的也有解放傳統詩的意思。可惜壯志因為

他的離開人間而沒有留下一個結果。徐世澤兄當時也經常有佳作在《世界詩葉》發表，可見其也是贊同傳統詩解放的。所以他這本詩集雖然是屬於傳統詩，但卻是很「現代」的，幾乎已經有了「解放」的趨向，以下就例舉幾首新詩味甚濃的作品及部分詩句，讓大家一起來欣賞。

不須綠使扣門前，萬里飛鴻一線牽。
網上聊天如對面，鍵盤輕按把書傳。
——電子郵件

難捨難分十八年，如痴如夢有姻緣；
合心合意齊牽手，相契相知笑語連。
——愛情長跑

咫尺天涯遠，塞車三小時；
午餐成泡影，糕果暫充飢。
——塞車

現代詩可以自由發揮，可謳可頌，可詼可謔。其

實傳統詩何嘗不可，請看徐世澤兄的〈三通〉：

口不生津食不思，牽腸掛肚便遲遲。

復因尿液難排出，欲想三通速就醫。

這種一般所謂一語雙關，或指桑罵槐的寫法，用現代詩的講法，是豐富的意象語言。把一件政治事件，用人體自然的生理狀態來諷譏，真是譴中帶詼，令人讀後不禁拍案叫絕。

　　當然要傳統詩來個全盤「現代化」，是不可能的，因為如此一來，傳統詩就不「傳統」了。因此就有「解放」說，就像民國初年，廢除婦女纏足，有許多已經纏了足的年輕女孩雙腳，從緊纏在長長的裹腳布中解放了出來，雖然雙腳已無法恢復，而那種介於被束縛和天然之間的解放腳，是當時被認為最美的。今天傳統詩接受解放，應該也會呈現出一份親切的美感，《健遊詠懷》中就有許多這種傳統中夾雜著現代的詩句，如〈探友病〉：「日前探友病，往事互通

情；忽問余尊姓？令余吃一驚！」的後二句。〈湖濱公園〉：「山色湖光純似玉，一時都向眼前來。」的最後一句。又如〈項鍊〉中的前兩句：「願作一條金項鍊，成天掛在你胸前」。〈越洋探親〉的後兩句：「入境才知隨俗苦，西餐不若土雞湯！」

　　一九二九年出生的徐世澤兄，今已年近八旬，但其詩心還是如此年輕，令人欽羨，在《健遊詠懷》有一首〈詩心〉，可以看到他對詩的一股熱誠。

　　　步行遲緩髮蒼蒼，展讀閒吟覓句忙；

　　　惟有詩心長不老，至今仍似少年郎。

　　　　　　　　二〇〇七年元月二十五日夜　於烏來山居

附錄二

徐著《思邈詩草》序

方子丹

　　往者，宋山陰陸游，陟險三巴，著《劍南詩稿》。明江陰徐宏祖，遊蹤萬里，作《徐霞客遊記》。清康有為流亡海外，歸來製小印一方，文曰：「維新百日，出亡十六年，三周大地，遊遍四洲，經三十一國，行六十萬里」，以記其壯舉。余友徐世澤仁弟，不讓前賢，足跡遍及世界六十一國，歸著《擁抱地球》大作，一時享譽中外。作家無名氏（卜寧）曾為其作序。

　　頃又將其旅遊時，即景行吟之《翡翠詩帖》見示，並囑推敲刪正，再益以近作，另刊一集，乞為命名，且告余渠之耽詩，既非附庸風雅，更非奢求時譽，其旨在於以詩保健，以詩美化身心，俾可延年益壽，請本此意為之弁言。

　　籀誦既竟，甚佩清新，其製作仍沿用近體五七言絕句，五七言律。造句悉用現代語，既不泥古，亦合今宜。大抵有類於唐之白居易，宋之范成大、楊萬里，清之袁枚，民初之黃遵憲。鑄詞明白了當，立意機趣橫生，言歡則令人神蕩，寫怨則感人落涕，傳神不僅舒暢，且足神馳，凡此皆作品之精瞽者也。因其爲醫師，作品中多有關於保健之作，乃借唐代神醫孫思邈之名，以名其集曰：《思邈詩草》以歸之，謹序。

　　　　　　　胸陽方子丹於台北棄井盦　時年九十有三

附贈三絕句

一、遊蹤萬里徐霞客，陟險三巴陸放翁，
　　若比抱球徐世澤，小巫焉與大巫同。

二、呂伊良相能醫國，盧扁同垂濟世名，
　　知否當年孫總理，出身也是一醫生。

三、欲知何術能驅病，吟詠成爲不二方，
　　倘許小紅伴低唱，壺中日月百年長。

　　　　　　　中華民國九十一（二〇〇二）年八月吉日

記醫界一位奇人

無名氏（卜寧）

　　與徐世澤兄相交數載，近得一結論：他實在是當前社會不可多得的奇人。世上有各種奇人，有種是奇怪的人，可算怪人。像五四時代名詩人怪詩人徐玉諾即是。他從河南開封送客遠行，本應在車站作別，他卻送客到徐州，後來又續送，過濟南、天津，直送客到北京。他又忘了客人地址。送客畢，他身無旅費，在北京流落了快一年，才由同鄉送旅費回開封。說他是怪人，名正言順。但世上有些奇人並不怪，卻是可加唄讚的奇，世澤兄應屬茲類。

　　他的第一奇，是前幾年某大報副刊提倡「全民寫詩」。此一運動本是一大好事，但好事多磨，熱鬧了一陣子，不久也就煙消雲散。未料他竟堅持到底，近幾年來，他稱得上「全民寫詩」運動的孤臣孽子，鍥

而不舍。他是一位醫師，不只是醫師中的唯一長期支持此一運動者，即在千萬大眾中，他也是唯一熱心此一運動者，此一事跡可算奇。他的第二奇是：他認為寫詩可以陶情養性，培養高尚生命境界。不管詩寫得好壞，喜寫，其人的人生境界即與營營眾生相異。他這種想法，以寫詩不斷開拓人生境界，千萬人中亦罕見，自是一奇。他的第三奇是：他從花甲之齡，才專注寫詩，而且近年已超古稀，他竟拜一位九十三歲名教授兼名古典詩人為師，求道取經，希望詩藝能稍上層樓。這種皓首孜孜矻矻求學精神，也算一奇。他的第四奇是：高齡退休後，不似一般退休人員，打牌下棋，公園喝茶，群居聊天，或吃喝玩樂，或以電視等娛樂消遣，卻隱居在詩花園中，這種雅人雅事，在萬千退休人員中，亦難得一見，亦算一奇。他的第五奇是：他從花甲高齡退休後，竟精強力壯，環遊全球六十一國，並撰寫《擁抱地球》一書，詳述其旅遊，廣播電台甚重視此書曾採訪他。而他幾乎扮演了當代徐霞客。他曾在阿根廷世界第一大瀑布「魔鬼咽喉」景

點邊緣散步，又獲奇遇，竟在挪威見到北極午夜太陽奇景（此景常人極不易遇到）。更奇的是，他旅遊這許多國家，從無時差之憂。他一上飛機，坐著能鼾睡幾小時。這些全屬奇人奇事。

此外還有二奇，是有關他的人品的。他本是一個中型醫院院長，因成績出色，被調任亞洲最大醫院榮總，膺首席秘書。他任職多年，從未與同仁有任何忤觸，可說群眾關係之好，百口交讚。當今社會，在五、六千人大機構中，與人本不易處，他卻把所有同事當作好友，實屬難得。我每次赴榮總取藥，只見老一點工作人員會向他點頭問好，即可知其受人尊重。最後一奇，是他樂於助人，喜雪中送炭。凡友人有所託，他無不全力以赴，不負所託。因而醫界文界他的友人如雲，大家樂於與他相交，這也是一奇。

上面我所說皆屬世澤兄的清流人品，現在我想略說他的新詩作《思邈詩草》。此集有九三高齡的名教授名詩人方子丹先生作序。序文分析此集詩篇優點甚詳且精，我不想續貂，只能讚序文內涵至深。足證子

丹先生乃詩界名家，評析每中竅要。

　　世澤兄屢言，他的詩不欲求名，亦不奢望大成，旨在提高人生境界，既賞美又保健，樂即在其中矣。

　　我非常敬佩不少台灣現代詩名家，其詩藝「苟日新、又日新」，足垂千古。但根據他們過去所辦的「星期五詩會」，欣賞者不過數十人。一本名家詩集，所售多不過三、四千冊（個別如席慕容是例外），在二千萬台灣人口中，其詩眾仍算「小眾」。但自從前文所提有副刊倡「全民寫詩」運動後，台灣應多出現一些「大眾詩人」。世澤兄詩集銷售雖有限，但其詩藝頗有可能形成「大眾詩人」的傾向。

　　清朝王漁洋詩屬風神派，尊王維，譏白居易的詩不是詩，甚至對杜甫也有貶詞，這是偏見太深。不管怎樣，白詩「老嫗都能解」，他卻是中唐讀者最多的名詩人。我殷盼世澤兄能走白居易之路。記得前幾年，有些詩人呈詩給輔大一位外國教授 Dr. Zsoldos（他又是神父），希望他能譯成番文。他看完後，說：「你們這些詩我看不懂，但徐先生的詩我能懂，我願

意譯。」於是把徐詩譯成英文、法文、德文、西班牙文，甚至匈牙利文。當然，這些詩也內藏詩藝、詩趣。最近，Dr. Zsoldos 又譯他的新詩作爲英文、法文，可見詩應易懂，也很重要。

我近患病，住醫院十日方歸。醫囑須靜養，暫停寫作，但世澤兄的新著，我不能不說幾句話。若干復健極慢，今仍精力不濟，不能一一細論徐詩。總的印象是：他的近作古典詩，是百尺竿頭，又進一步。若借古人常語，這些詩首首能「登大雅之堂」。台灣寫古典詩者不多，世澤兄現應稱箇中「作手」了。

我甚喜此集的一些風景詩，多能傳風景之神。其餘詩篇，我完全同意子丹先生高見：「立意機趣橫生，言歡則令人神蕩，寫怨則感人落涕。……」我相信，世澤兄如此浸淫古典詩篇，求精求美，再過數年，必有更大成就，爲台灣古典詩人群增一位大衆化的名詩人。

二○○二年八月

附錄四

保健消愁莫若詩

徐世澤

我從事醫務工作四十多年，獲得一個保健經驗，那便是朗誦詩詞對於身心健康有密切的關係。

在我國文學長河中，詩佔有重要的地位。詩不僅是精緻美好的精神食糧，也是修心養性的滋養品。一個人在病中，偶然披上外套，步入後園，眺望遠方的河流，抬頭看那藍空飄浮的雲絮、心胸頓時開朗，此時不由地朗誦起王之渙的〈登鸛鵲樓〉：「白日依山盡，黃河入海流；欲窮千里目，更上一層樓。」此時，病人和詩人的思想感情相結合，同時置身於美麗大自然中，這對於病人的復健確有一定影響。

在現代醫療中，詩療（Poem Therapy）是心理治療的一種，它與食療相似，比音樂治療還有效。歐美國家的醫院，認為美國詩人朗弗羅的〈生之讚歌〉，

可治療憂鬱症。英國詩人濟慈的〈睡去〉，可治療失眠症等，作為藥方。著名作家朱自清說過：「有些人在生病或煩惱時，拿一本詩選來翻讀，便會覺得心理平靜些、輕鬆些。」這些話確有道理。

法國詩人里爾克說：「詩是人類靈魂的自然祈禱。」美國詩人芮琦也說：「詩能讓麻木遲鈍恢復知覺，釋出希望。」美國心理學家杜洛夫斯基也說：「有些人疲倦、頭痛、健忘、失眠、消化不良，或被迫工作等，如能隨身攜帶一本好詩集，便可得到相當的慰藉。」可以說，消愁解憂的妙藥良方莫若詩。詩情通達，能化解鬱結的哀怒與悲傷。當然寫詩更能使人平靜，安之若素，可減少壓力，袪除煩惱，不再怨天尤人。因你恨一個人想洩憤，用詩句表達出來，不多久，你自然而然息怒止恨，避免發牢騷而招禍。想通了，索性把詩稿也銷毀了。

目前台灣的城市鄉鎮都有詩社或詩學研究社，可以統計出詩朗誦的人口，包括老人、婦女和青少年。而且坊間尚有「中華兒女唱唐詩」錄音帶出售。日本

各地均有漢詩吟社，他們對漢詩的朗誦，是配合早覺會的劍舞、扇舞、巾舞等活動，幾乎把吟詩視為生活的一部分。

詩人惠特曼說過：「一個國家的偉大性的最終估計，必須嚴格的在它特定的第一流的詩歌之花中，表現出來。」我們知道，過去鄧麗君拿手的一曲〈胭脂淚〉，她演唱時有一段獨白：「林花燦爛，萬紫千紅，一轉眼花落水流，春去無蹤，難道人生也正與林花一般的匆匆與苦痛？」這段獨白，很美。它是從李後主的〈相見歡〉詞中引申而來的。

幾年前，我曾有長江七日遊。當船過三峽，我站在船頭倚靠欄杆，眺望兩岸斷岩景色，不由地朗誦起李白的〈下江陵〉：「朝辭白帝彩雲間，千里江陵一日還；兩岸猿聲啼不住，輕舟已過萬重山。」這首詩節奏明快，音響奔放，詩中沒有一個快字，但從景物快速移動寫起。尤其從第三句的驚心動魄猿聲的描述，使三峽水道給旅人一種逼迫的壓力，但過了萬重山的歡愉，不僅產生旅行樂趣，還有一種對生活上的

滿足心情。

歌德有言：「誰要理解詩人，就一定要進入他的領域。」我認為從事詩朗誦，不僅吸取了詩的藝術美味，同時也理解了詩人的品質與丰采，進而作到保健。如以保健而言，唐詩最有益。雖然它已有一千多年歷史，但清朝蘅塘居士編選的《唐詩三百首》，直到今天仍是暢銷書。合你口味的《現代詩選》，也具有同樣的療效。美國遭受911恐怖事件後，恐慌驚懼的民眾開始以詩療傷，原本是世界金融經貿核心樞紐的紐約市，放眼所及隨處是詩。透過詩來互相安慰，撫平哀戚，為迷亂、悲傷的人建立秩序。他們讀的當然是現代詩，因可能從中獲得快感，鎮定人心。至於寫詩洩憤或取樂，可依各人的興趣，寫新體現代詩，或模仿五言、七言舊體詩，白描一番。要想精進，二者都須從師學習了。

附錄五
賀世澤先生《健遊詠懷》出版

藝文代代見新潮，

李杜辭章一代驕；

莫道徐詩無典故，

滿行妙語寫今朝！

宋哲生　敬賀

附錄六

《健遊詠懷》體別和類別統計表

類別 / 體別	旅遊留影	休閒記趣	保健忠言	愛網柔聲	詠物寄意	時節萬象	感事抒懷	合計
五　　絕	12		7	7			7	33
七　　絕	105	53	50	36	30	29	126	429
五　　律	3		2	2			5	12
七　　律	6		5	3		3	17	34
合　　計	126	53	64	48	30	32	155	508

附錄七

我與徐世澤先生的一段詩緣
——讀《健遊詠懷》詩集隨筆

　　雪泥鴻爪塵緣在，台島港城詩海連。徐世澤先生
祖籍江蘇東台，青年時代受業於灌雲籍的創造社作家
馬仲殊先生。 2004 年孟夏，台灣「江蘇參訪團」光
臨連雲港市，我作爲市詩詞協會負責人主持了「鄉情
詩會」，熱烈歡迎訪問團諸位吟長。世澤先生親臨會
場，精神矍爍，談笑風生。他在會上歷述壯遊環球六
十四國的奇聞軼事，吟誦他發表在《中華詩詞》上的
詩作，並向與會詩友贈送了他開旅遊文學新風的大作
《擁抱地球》遊記。我從他那激情奔湧的言談中，方
知他不僅是位才華橫溢的詩人，而且是位懸壺濟世，
名噪杏林的醫院院長，更是一位足跡遙廣足可俯視千
秋的旅行家。我與他傾心交談，敬意油然而生，曾賦
詩贈之曰：

郁州台島隔天涯，數典從來是一家。

情繫以鄉牽別夢，血濃於水喜行車。

小樓暢敘關山月，雅座品嘗雲霧茶。

有幸新朋如舊雨，推心共詠港城花。

　　世澤先生是位極重情誼的人，數月後便越海寄來
由他任副社長所編的《乾坤詩刊》，並附信寄詩，由
此我們便結下了詩緣。我將他的詩作《連雲港景觀》
組詩等刊登在我所主編的《花果山詩詞》上，他則將
我的詩作推薦選刊在《乾坤詩刊》上，春來秋往，詩
書不斷，雖有天涯海角之隔，友情卻似山高水長。

　　世澤先生走遍中華勝境、海外名城，仍牽念江
蘇，難忘早年。他對青年時代的恩師馬仲殊先生一直
掛在心中，其情之真足可感動上天。四年前來連雲港
訪問時，他便曾親赴灌雲專訪馬老師故居，並題詩慨
嘆云：「三年受教烽煙散，半紀回蘇訪灌雲。終是一
生遺憾事，連篇遺著悉遭焚。」當時他就表明意願：

「老師手澤今何在？文采依稀在眼前。近十年來心底事，望能重印廣流傳。」他盼我能幫助搜集與馬仲殊先生有關的文章，並囑我爲此書命名作序，大義摯情，我豈能辭。不久，一本由他出資「恭印」的《新潮文伯——灌雲馬仲殊先生紀念文集》終於問世，在海贛沆瀣乃至省內外廣爲流傳。馬老師英靈有知，必爲有如此情深義重的弟子而含笑九泉。

特別令我感動的，是世澤先生對於一位結識不久便臥病不醒的耄耋詩友的無比掛念。就是在四年前的「鄉情詩會」上，他聽到時任市詩詞協會常務副會長孫品元老的獻詩，相談投緣，分外親切。誰料孫老剛過八十大壽之後，突患腦溢血，雖搶救及時，卻已成植物人。世澤先生得知此事，深爲痛惜，每次來信，必致問候，並以醫家之談教我保健，語意之眞淳而深切，足見其爲人之厚道而摯誠。

如今世澤先生的《健遊詠懷》詩集擺在我的面前，先睹爲快，感佩良多。其詩體兼古今，情彌山水，鑄新詞於格律，融古意於新詩，揮灑「詠懷」，

屬意「健遊」，不惟令人隨其詩而神馳寰宇，更可促人隨其遊而開心保健，可謂集詩人、醫家於一身，合古典、新風於一璧。閱其詩，玩其味，既得審美的享受；想其遊，念其人，又得養生的眞諦。先生之功也惟大，誠祝先生健遊詠懷以期頤。

李德身

二○○七年八月八日
於連雲港師院中文系

《健遊詠懷》 再版序

一、

詩是人類心靈深處奧秘的紀錄，詩人便是心靈工程師。在兩千五百多年前，孔子（551～479B.C）提倡詩、書、禮、樂教化弟子，在詩教上，建立了溫柔敦厚、興觀群怨的寫實、諷諭精神，發揮仁愛的美德，關懷民間疾苦的懷抱，發揮天人合一的崇高理想。

一般人都遺憾沒能讀到孔子詩歌的創作。其實孔子的時代，是流行像《詩經》一類的四言詩，如果我們細讀《論語》，很容易發現，孔子寫了一首「四不一沒有」的好詩：

非禮勿視，
非禮勿聽，

> 非禮勿言，
>
> 非禮勿動。（〈顏淵篇〉）

> 子在川上，
>
> 逝者如斯夫，
>
> 不舍晝夜。（〈子罕篇〉）

禮是天理的節文，也就是規規矩矩的行為。所謂「四不」是指無論視聽言行，都要依禮行事；而「一沒有」是指人生如逝水，短暫而容易消失。儘管人生短暫，惟有克己復禮，才能合乎人生的意義，生命的價值。

二、

徐世澤先生，江蘇興化人，從小殷服孔子的詩教，雖然他的職業，是個醫生，但他在業餘時，未曾放棄詩歌的志趣，平日是醫人的醫生，也是培育詩教的醫療心靈工程師。今已從榮總醫院退休，仍不忘提

倡詩教，從事古典詩或現代詩的創作，肯定詩的功能，能淨化人的心靈。我與他結交，也是因為詩歌而成為好友。

他的詩作很多，例如《擁抱地球》、《思邈詩草》，到《健遊詠懷》，他利用業餘的時間，遊歷全球六十四國的名勝古蹟，用詩記錄其遊蹤。從他的詩中，可以窺見他詩歌的主題。人類要從自然界尋找和諧，了解人類是自然的一部分，融合《周易》天人合一的崇高理想；同時他也從醫療專業來看人類的存在與環境有密不可分的關係，因此主張養生保健。文明的由來，人類必須與環境溝通，而文明的創造，是配應天時地利，與環境協調，與人群合作，才能創造文化的光輝。應合孟子所云「天時不如地利，地利不如人和」的思想。他的詩，便是因應這種觀念而完成的成果。

三、

晉陸機〈文賦〉曾云：「石韞玉而山輝，水懷珠

而川媚。」人有才華，猶如山水懷珠蘊玉一樣，徐世
澤先生便是具有天賦的才華，他的詩歌，便如山輝川
媚，令人讀後欣喜。他爲人曠達，疏財仗義，喜歡獎
勵後進。他將其作品贈送年輕學子，希望激勵後進能
發揮詩材，精進古典詩的創作。今聞其《健遊詠懷》
將再版問世，特撰再版序以賀，祝其倡導詩教，不遺
餘力；宏揚詩學，光輝永續。

邱燮友
2008.8.25

國家圖書館出版品預行編目資料

健遊詠懷／徐世澤著. -- 初版 -- 臺北市：

萬卷樓，2007[民 96]

面；　　　公分

ISBN 978－957－739－591－7 (平裝)

851.486　　　　　　　　　　　　96005059

健遊詠懷

著　　　者：徐世澤

發　行　人：陳滿銘

出　版　者：萬卷樓圖書股份有限公司

　　　　　　臺北市羅斯福路二段 41 號 6 樓之 3

　　　　　　電話(02)23216565‧23952992

　　　　　　傳真(02)23944113

　　　　　　劃撥帳號 15624015

出版登記證：新聞局局版臺業字第 5655 號

網　　　址：http://www.wanjuan.com.tw

E－mail　：wanjuan@tpts5.seed.net.tw

承 印 廠 商：中茂分色製版印刷事業股份有限公司

定　　　價：140 元

出 版 日 期：2007 年 4 月初版

　　　　　　2008 年 8 月初版二刷

ISBN 978－957－739－591－7